Klarant Verlag

Ele Wolff lebt in Ostfriesland. Auch wenn sie keine waschechte Ostfriesin ist (in Frankfurt/Main geboren) betrachtet sie sich doch als Gesinnungsostfriesin und gibt sich ganz ihren kriminellen Energien hin. Ele Wolff: »In Ostfriesland, hinter den Deichen, im Watt und auf den Inseln geschehen manche unheimlichen Dinge, von denen niemand etwas weiß. Deshalb liebe und schreibe ich Krimis und andere Geschichten. Ich kann meine Gedanken ausleben, die man im wahren Leben nicht so leicht findet oder die unangebracht sind. Ich kann unliebsame Ehemänner oder Chefs entsorgen, reich durch Erbschaft werden oder einfach in einen anderen Erdteil flüchten.«

Ele Wolff

Der Wattlooper von Harlesiel

Ostfrieslandkrimi

Klarant Verlag

Klarant Verlag, www.klarant.de – www.ostfrieslandkrimi.de
ISBN: 978-3- 96586-111-4
1. Auflage 2019
Umschlagabbildung: Klarant Verlag

Printed in the EU.

1. Kapitel

Mit hochgezogenen Augenbrauen, die Hände schützend über das Gesicht gelegt, blickte Herman Arians auf das Watt vor Harlesiel. Der weite Blick entspannte ihn normalerweise, aber heute war irgendwie alles zum Kotzen, philosophierte er müde und seufzte leise. Nachdem er nach der Uhrzeit gesehen hatte, schob er sein Handy wieder in die Tasche seiner Postdienstjacke.

Es war zehn Uhr vormittags und er verspürte überhaupt keine Lust, die Briefe der Einwohner von Harlesiel an den Mann beziehungsweise an die Frau zu bringen.

Der Anblick des wellenförmigen Schlicks erinnerte ihn an seine Kindheit, in der er mit seinen Kumpels fast täglich mit langen Stöcken nach Schätzen gesucht hatte, die das Meer eventuell an Land gespült hatte. Damals war er ohne Sorgen gewesen, hatte ganz im Augenblick gelebt. Diese Leichtigkeit erschien ihm im Moment unerreichbar.

Er seufzte und ließ seinen Blick weiter schweifen. Weit entfernt erblickte er Fokko Tapper mit seinem mausgrauen Rucksack, der wie fast jeden Tag mit einem langen Stock im Watt nach irgendetwas Verwertbarem suchte. Vor ein paar Jahren hatte sich der Postbote die Skulpturen angesehen, die der ehemalige Wasserbauingenieur aus dem angeschwemmten Holz und Metallteilen fertigte, hatte diese aber für sich in die Kategorie Schrott einsortiert.

Der Wattlooper, wie ihn alle hier in Harlesiel nannten, lief weiter mit gesenktem Kopf durch den Schlick, stocherte mit seinem langen Stock hin und wieder in den Boden, schüttelte leicht den Kopf und stapfte weiter.

Arians fand diese Tätigkeit ziemlich langweilig, aber die einsame Suche nach Treibholz passte zu dem recht wortkargen Mann. Herman erinnerte sich, dass Fokko früher hin und wieder die Gesellschaft anderer Leute gesucht hatte. So war er jährlich bei dem traditionellen Osterfeuer anwesend gewesen, hatte gelacht und Neuigkeiten ausgetauscht. Davon war heute nichts mehr zu spüren. Der Wattlooper hatte sich zurückgezogen und verbrachte seine Zeit im Watt vor Harlesiel.

Herman breitete die Arme aus, holte tief Luft und versuchte, die würzige Seeluft auch in das letzte Lungenbläschen aufzunehmen. Genussvoll fuhr er sich mit der Zunge langsam über seine Lippen, schmeckte das Salz und lächelte. Ja, keine Frage, dieser Ort war der schönste auf der Welt.

Der gestrige Streit mit seiner Frau steckte ihm immer noch in den Knochen. Er war es gewohnt, dass Beate von einem Extrem ins andere schwankte. Seit dem schlimmen Ereignis vor etlichen Jahren war sie nicht mehr die fröhliche Frau, die er geheiratet hatte. Seine Ehefrau war verbittert und haderte mit ihrem Schicksal. Sie hatte ihm doch gestern allen Ernstes mit einem verbiesterten Gesichtsausdruck vorgeschlagen, ach, was heißt vorgeschlagen, verlangt hatte sie von ihm, dass sie den Wohnort wechseln sollten, und zwar in Richtung Süden. Dabei bekam Herman schon Schnappatmung, wenn er sich unterhalb von Münster aufhielt.

Er biss die Zähne zusammen und nahm sich vor, noch heute mit ihr ein ernstes Wörtchen zu reden. Es musste auch einen anderen Weg geben, der Beate wieder mit dem Schicksal versöhnte.

Noch einmal blickte er über das Watt, atmete bewusst ein und aus, anschließend wandte er sich zum Gehen. Den Blick hielt er gesenkt, um nicht unnötig in die Pfützen zu treten, die der Regen der vergangenen Nacht hinterlassen hatte.

»So 'ne Schiete aber auch«, schimpfte der Postbote und versuchte, den Stein, der sich im Inneren seines Schuhes befand, herauszuschütteln.

Seufzend steuerte er auf eine Bank zu, unter die so ein Umweltsünder einen schwarzen Müllsack abgelegt hatte. Immer das Gleiche, schimpfte er wortlos. Anstatt, so wie es sich gehört, regelmäßig die Müllsäcke an die Straße zu stellen, damit sie ordentlich entsorgt wurden, kippten die Menschen ihren Mist irgendwohin, in der Hoffnung, dass es schon jemand beseitigen würde. Herman nahm sich vor, später beim Ordnungsamt anzurufen und die Sache zu melden.

Der Postbote setzte sich hin, riss den Schuh vom Fuß und schüttelte ihn aus. Anschließend bearbeitete er auch den zweiten Schuh. Seine Tasche, die er neben sich auf die Bank gestellt hatte, kippte durch seine heftigen Bewegungen zur Seite und sämtliche Briefe landeten auf dem Boden. »Sobald ich zu Hause bin, lege ich mich sofort ins Bett«, grummelte er leise. Ärgerlich bückte sich der Briefträger und blickte unvermittelt in das Gesicht einer älteren Frau, die mit leicht geneigtem Kopf hinter der Bank lag. Ihre offenen Augen starrten an ihm vorbei ins Leere. In Sekundenschnelle hatte Herman kapiert, was dies bedeutete. »Ach du heilige Schiete«, flüsterte er und starrte wie gebannt auf den am Boden liegenden Körper, der in einen dicken schwarzen Wollmantel gehüllt war. Entsetzt sprang Herman auf und rannte den Deich herunter.

2. Kapitel

Zügig fuhr Janneke Hoogestraat die Landstraße Richtung Wittmund. Ihr Gepäck lag unordentlich hingeworfen auf dem Rücksitz ihres Citroëns. Ihren Laptop hatte sie allerdings rutschfest zwischen zwei Kissen geklemmt. Sie fühlte sich gehetzt und gejagt. Wie eine Irre hatte sie zu Hause ihre Klamotten zusammengesucht, wobei sie einige Zeit brauchte, die richtigen Kleidungsstücke auszuwählen. Denn es war der jungen Frau sehr wichtig, dass alles immer farblich und im Stil optimal zusammenpasste. Einschließlich der passenden High Heels und der diversen Handtaschen, die so groß waren, dass sie normalerweise schon alleine als Reisegepäck reichten.

Onkel Hinrich hatte gestern Abend angerufen und ihr genervt mitgeteilt, dass er seine gesamten Medikamente zu Hause in Amdorf vergessen hatte. Der Rentner war erst am Morgen zu einem Besuch bei seiner Cousine Wilma in Harlesiel aufgebrochen, um dort seiner älteren Verwandten bei der Reparatur diverser Kleinigkeiten in deren Haus behilflich zu sein.

Die junge Schriftstellerin sah sich nun genötigt, ihre eigenen Sachen und Hinrichs Medikamente zu packen und sich ebenfalls auf den Weg an die Nordseeküste zu machen. Janneke war es gewohnt, schnell umzudisponieren, und hatte sich gestern Abend entschlossen, in dem Küstenort einige Zeit zu verbringen, um dort ihr aktuelles Buch zu beenden.

Ortsveränderungen förderten die Kreativität, da war sich Janneke sicher. Außerdem war es besser, wenn sie sich in der Nähe ihres hektischen Onkels aufhielt und darauf achtete, dass er nicht über die Stränge schlug.

Mit Grauen dachte sie an die vielen Elführtje, die ihr Onkel mit Freund und Nachbar Jan Klüverboom hinter sich gebracht hatte. Der unvermeidbare Kater am nächsten Tag war die Folge des ausgedehnten Frühschoppens, der oft sein Ende erst in den späten Nachmittagsstunden fand.

Die Hausschlüssel und die Versorgung ihrer Katze Fräulein Schneider hatte sie heute Morgen in die Obhut ihrer Nachbarn Elsie und Jan Klüverboom gegeben und war aufgebrochen.

Sie hatte inzwischen Aurich erreicht und beschloss spontan, im Café am Marktplatz einen Kaffee zu trinken. Ob Hinrich seine Tabletten eine Stunde früher oder später schluckte, war zweitrangig. Erst musste sie ihre Laune aufbessern. Und nichts war besser dafür geeignet als das Schaufenster eines Schuhgeschäftes, an dem sie vorbeikam. Das Schild mit dem Hinweis, dass alle Schuhe mit einem Rabatt von dreißig Prozent wegen Geschäftsaufgabe verkauft wurden, ließ ihr Herz höherschlagen. Zwanzig Minuten später saß Janneke mit zwei paar neuen Schuhen mit gefährlich hohen Absätzen und ohne den Genuss eines Kaffees wieder in ihrem Citroën und fuhr weiter.

Nach einer knappen halben Stunde hielt sie um die Mittagszeit vor dem Klinkerhaus von Wilma Cornelsen hinter dem Deich in Harlesiel an und lief auf ihren irritiert dreinblickenden Onkel zu.

»Ich dachte, du schickst die Dinger mit der Post?« Hinrich Hoogestraat umarmte seine Nichte. »So ist es aber viel schöner.«

»Janneke«, rief Tante Wilma in der Haustür stehend der jungen Frau zu und breitete die Arme aus. »Ich habe dich ja ewig nicht gesehen.« Sie blickte auf die High Heels ihrer jungen Verwandten und lächelte. »Und die Dinger trägst du ja noch immer. Ich würde mir den Hals brechen.«

»Ja, sie kann nur auf diesen Stelzen laufen«, frotzelte Hinrich und trug das Gepäck seiner Nichte ins Haus.

»Du kannst oben links in der Dachkammer schlafen«, erklärte Tante Wilma und strich der jungen Frau über den Arm. »Ich hoffe, du kannst ein bisschen länger bleiben?«

»Das hatte ich vor, Tante Wilma«, lachte Janneke. »Ich kann dich doch mit dem Brummbären nicht so lange alleine lassen.« Sie machte eine Handbewegung Richtung Hinrich, der gerade dabei war, Jannekes Koffer über die steile Holztreppe nach oben zu befördern.

»Dann komm mal mit, Kind. Wir gehen in die Küche.« Die alte Frau lief langsam vor ihrem Gast in die Küche.

»Was riecht denn hier so lecker?« Erst jetzt bemerkte Janneke, welchen Hunger sie hatte. »Hast du das gekocht?«

»Dein Onkel war so nett. Ich bekomme sonst mein Essen von der Sozialstation.« Sie beugte sich etwas. »Kochen kann der Kerl ja«, flüsterte sie in Jannekes Ohr, »das muss man ihm lassen.«

»So, ihr Lieben, dann wollen wir mal.« Hinrich stand in der Küchentür und rieb sich die Hände. »Ich hoffe, ihr habt Appetit?«

»Einen Bärenhunger«, bekannte Janneke. »Was gibt es denn?«

»Rouladen«, antwortete der Rentner grinsend und hob den Deckel der Kasserolle hoch. »Ist gleich so weit.«

»Na komm, setz dich«, bat Tante Wilma und deutete auf das Küchensofa, welches an dem bereits gedeckten Tisch stand.

»Hast du gewusst, dass ich komme?« Die junge Frau wies auf die drei Teller.

»Ich habe durchs Küchenfenster dein Auto gesehen und schnell noch einen Teller hingestellt.« Hinrich gab einen Schuss Sahne in die Soße.

»Ja, er kann ein richtiger Schatz sein«, lobte Tante Wilma ihren Cousin und setzte sich in einen der Armlehnstühle.

Nach dem köstlichen, vertrauten Essen war die junge Ostfriesin mit sich und der Welt versöhnt. »Ich werde mich in den nächsten Tagen öfter nach oben verziehen und mein Buch fertig schreiben. Vielleicht inspiriert mich die neue Umgebung und meine Protagonistin könnte …«

Das abrupte Öffnen der Küchentür unterbrach ihren Redefluss. Eine Frau, Mitte sechzig, bekleidet mit einer dicken Mütze und Parka, stand schwer atmend in der Küche und setzte ein paarmal zum Reden an.

Wilma Cornelsen erhob sich und ging auf die Frau zu. »Mein Gott, Gesa, was ist denn? Du siehst aus, als wärst du dem Teufel begegnet.«

Hinrich war ebenfalls aufgesprungen und schob die aufgeregte Besucherin auf seinen Stuhl. »Atmen Sie erst mal tief durch.«

»Gesa ist meine Nachbarin von gegenüber«, klärte Wilma Janneke und Hinrich auf. »Ich weiß ja auch nicht, was sie hat.«

Gesa Hettinga riss sich ihre Mütze vom Kopf und schnaufte tief durch. »Hier vorne am Deich, du weißt doch, wo ich früher immer mit meinem Dackel … Sie ist tot. Motje ist tot. Sie lag da unter …«

»Welche Motje?« Wilma konnte Gesa nicht folgen.

»Motje Baumann aus Carolinensiel.« Gesa fuhr sich durch die Haare. »Du weißt doch, die Hebamme … die damals das Geburtshaus … ich habe es eben erst erfahren.« Sie atmete ein paarmal tief durch. »Herman hat sie vorhin gefunden. Der Arme ist ganz schön durch den Wind.«

»Ach Gottchen«, jammerte Tante Wilma, während Janneke und Hinrich einen Blick tauschten. Die junge Frau wusste genau, was ihr Onkel dachte. Kaum tauchte seine Nichte irgendwo auf, gab es eine Leiche. Er lehnte sich an den Küchenschrank und versuchte ein Grinsen zu unterdrücken.

Eins stand fest: Janneke würde Harlesiel nicht so schnell wieder verlassen.

3. Kapitel

Der kalte Ostwind blies Fokko Tapper ins Gesicht und erschwerte ihm das Vorwärtsgehen. Vorsichtig, sich mit seinem langen Stock abstützend, stieg er den klitschnassen Deich herunter.

Die Flut würde noch ein wenig auf sich warten lassen. So hatte der Pensionär ausreichend Zeit, im Watt nach verwertbaren Fundstücken zu suchen. Sein Blick nach unten gerichtet, suchte er den wellenförmigen Schlick ab.

Der ehemalige Wasserbauingenieur lebte mit seiner Frau Christa in seinem Elternhaus mit angrenzender Werkstatt im Möwenweg in Carolinensiel, welches er vor fast vierzig Jahren nach dem Tod seiner Mutter mit seiner Frau bezogen hatte. Fokko lebte zurückgezogen, hatte kaum Freunde und ging jedem gesellschaftlichen Ereignis aus dem Weg.

Ganz anders seine Frau. Sie liebte den Umgang mit Menschen, war Mitglied im Heimatverein und arbeitete ehrenamtlich in der Bücherei. Fokko fand dieses ewige Geschwätz der Weiber zum Kotzen. Unfassbar, dass Frauen in der Lage waren, den ganzen Tag über die kleinsten Begebenheiten der Mitmenschen ganze Legenden zu spinnen, und das in endlosen Wiederholungen.

Zu Hause hatte sich das Ehepaar Tapper nicht viel zu sagen. Außer den alltäglichen Floskeln ging jeder seiner Wege. Fokko war das recht, denn er liebte die Stille und die wortlose Gesellschaft der Nordsee und des Watts.

Jeden Tag verließ er sein Haus und fuhr mit dem Fahrrad an der Harle entlang zum Harlesieler Deich. Hin und wieder lief er, seinen mausgrauen Rucksack auf dem Rücken, bis zum Café Störmhuus in Neuharlingersiel und genehmigte sich einen Milchkaffee.

Die letzte Flut hatte zwei Stück Treibholz angeschwemmt, die der Mann aufhob und in seinem Rucksack verstaute. Irgendetwas wird sich schon daraus bewerkstelligen lassen, glaubte er. Wahrscheinlich wanderte das fertige Stück zu den unzähligen anderen Skulpturen, die er in den letzten Jahren gefertigt hatte, in die geräumige Scheune auf seinem Grundstück und wartete vergeblich auf Kaufinteressenten.

Christa hatte diese Leidenschaft immer mit gerunzelter Stirn verfolgt, wenn er, früher nach Feierabend, sich daranmachte und bis spät in die Nacht herumwerkelte. Anschließend brachte sie ihm manchmal mit einem eingefrorenen Lächeln seinen blauen Teepott in die Stube. »Hier, trink. Das ist gut für deinen Kreislauf.«

Seine Frau war für ihn eigentlich das große Los gewesen, häuslich, lebensbejahend und treu. Wahrscheinlich war er das Arschloch in dieser Beziehung und schuld an der kalten Atmosphäre im Haus.

Fokko ließ sich auf einer Bank auf dem Deich nieder und zog seine blaue Pudelmütze tiefer ins Gesicht. Jetzt im November war es nahezu menschenleer an diesem Ort. Im Sommer tummelten sich am Strand Hunderte von Gästen, stand ein Wohnmobil an das andere gereiht auf dem Stellplatz. Jetzt war für ihn die beste Zeit, in der er mit Ruhe auf der Suche nach Schätzen sein, seinen Gedanken ohne Störungen nachhängen und die beruhigende Weite des Wassers genießen konnte.

Sein Blick wanderte zu dem Menschenauflauf in einiger Entfernung. Er registrierte die Uniformierten, die geschäftig umherliefen, und nahm ihre Stimmen wahr. Jemand winkte ihm zu und kam näher. Demonstrativ wandte er sich ab und blickte zu Boden. Er hoffte, dass sich der herannahende Mann von seiner ablehnenden Körperhaltung beeindrucken ließ.

»Fokko, hast du das mitbekommen?« Es war Kalle Bonhuis, der immer und überall seine Nase reinsteckte. »Motje liegt dahinten.« Er fuhr mit seiner flachen Hand an seiner Kehle entlang. Fokko wusste, was es bedeutete, und winkte ab. Anschließend blickte er provokativ in die andere Richtung. Als er sich wieder umsah, hatte Kalle sich verzogen.

Fokko atmete erleichtert auf. Das hätte ihm gerade noch gefehlt, wenn man ihn hier mit weiteren Neuigkeiten überschüttet und komische Fragen gestellt hätte.

Er presste seine Augen fest zusammen und versuchte an etwas anderes zu denken. Zu Beginn ihrer Ehe hatte Christa ihn manchmal auf seinen Wattwanderungen begleitet. Sie hatten geredet, Pläne geschmiedet oder einfach nur stumm nebeneinandergesessen. Ja, Christa … er schämte sich oft für sein Verhalten. Zu sehr hatte er sich früher von den charmanten und auffordernden Blicken der Frauen hinreißen lassen und einfach nachgegeben. So schnell, wie es begonnen hatte, war es auch schon wieder vorbei. Sie hätte sicherlich einen anderen Mann verdient gehabt als ihn. Fokko fragte sich heute immer noch, ob sie jemals von der länger andauernden Affäre mit Motje erfahren hatte. Gesagt hatte sie nie etwas, auch nicht, als seine Geliebte nach Beendigung der Liaison versucht hatte, ihn mittels Briefen, Telefonanrufen und unverhofften Besuchen zurückzugewinnen.

Im Gegenteil, die Telefonanrufe hatte sie immer an ihn weitergeleitet, bei den überfallartigen Besuchen der jungen Hebamme hatte sie Tee zubereitet und Motje gebeten, es sich in der Küche gemütlich zu machen.

Fokko schloss die Augen und ließ es zu, dass der eisige Wind fast schmerzlich auf sein Gesicht traf. Wie lange, fragte er sich, wie lange sollte ein Mensch seine Taten bereuen? Immer wieder, wenn er diese unglückseligen Entgleisungen außerhalb seiner Ehe fast vergessen hatte, hatte Motje ihm aufgelauert und ihn daran erinnert, dass es noch nicht zu spät war, der Menschheit zu verkünden, dass er ein Fremdgeher war.

Einmal hatte sie sich ihm vor einem Supermarkt in den Weg gestellt. »Warum antwortest du nicht auf meine Nachrichten auf deinem Anrufbeantworter?«

»Weil ich mich nicht mit dir treffen will«, antwortete er genervt. »Wann kapierst du endlich, dass die Sache mit uns vorbei ist? Außerdem will ich nicht, dass du Christa da mit reinziehst, und hör auf, bei uns anzurufen.«

Motje lachte schrill auf. »Ich dachte, jetzt wo du nicht mehr so viel mit ihr unternimmst, wäre es doch möglich …«

»Es war ein Fehler, dass ich mich überhaupt auf diese Geschichte eingelassen habe.« Er umklammerte den Griff des Einkaufswagens und schob ihn ein Stückchen weg.

»Es wird sicherlich peinlich für dich sein, wenn man mitbekommt, dass der Herr Ingenieur nicht immer so untadelig war.« Sie sprach ein wenig lauter.

Fokko machte eine beschwichtigende Bewegung. »Es reicht«, zischte er und entfernte sich zügig, ohne sie noch einmal eines Blickes zu würdigen.

So oder so ähnlich hatten in den nächsten Jahren die Begegnungen des einstigen Paares stattgefunden. Motje ließ nicht locker und seine Wut wuchs im Laufe der Jahre stetig. Er war auch kein junger Mann mehr, das Feuer der Jugend war längst erloschen, aber das schien die fast fünfzehn Jahre jüngere Hebamme nicht zu interessieren.

Er lehnte sich zurück und blickte auf das Watt. Eine Welle der Erleichterung überkam ihn. Jetzt hatte das ganze Elend ein Ende. Sie würde ihn niemals mehr behelligen können.

***

Langsam legte Rika van Gerpen das Telefon auf der Ladestation im Flur ab und lehnte sich an die Wand. »Hilde?«, rief sie, ging zum Fuß der Treppe und sah nach oben. »Komm mal runter. Wilma hat eben angerufen. Es ist was passiert.«

»Ja doch«, beeilte sich Hilde Vaartmann zu sagen und stieg, sich mit einer Hand am Holzgeländer festhaltend, die Stufen herab. »Was wollte sie denn?«, grummelte sie und folgte ihrer Schwester in die Küche.

Die beiden Schwestern Hilde und Rika pflegten ein gutes nachbarschaftliches Verhältnis zu der gut fünfzehn Jahre älteren Wilma Cornelsen, die auf dem Nachbargrundstück wohnte. »Geh doch mal rüber zu ihr«, schlug Hilde vor. »Vielleicht kannst du ihr behilflich sein.«

Rika schüttelte leicht den Kopf. »Mit ihr ist nix. Unser Postbüddel soll am Deich eine tote Frau gefunden haben.« Sie nahm ein Glas aus dem Küchenschrank und öffnete den

Wasserhahn. Mit gierigen Schlucken trank sie das Leitungswasser. »Wilma hat es eben von Gesa erfahren, die war drüben bei ihr.«

»Aha …«, nuschelte Hilde. »Hast du dich da auch nicht verhört?« Sie schob die kleine Scheibengardine etwas zur Seite und sah aus dem Küchenfenster. »Wilma hat doch Besuch von ihrem Verwandten. Und jetzt steht noch ein fremdes Auto vor der Tür.«

»Das ist eine junge Frau aus Leer, irgendwie auch Verwandtschaft. Hast du gehört, was ich gesagt habe?«

Hilde schüttelte den Kopf. »Du kennst doch Gesa. Die spinnt sich wieder was zusammen.« Sie tippte sich an die Stirn. »Weißt du noch, wie sie mal behauptet hatte, die Behörden wollten die gesamte Wasserzufuhr im ganzen Landkreis abstellen, weil sich ein afrikanischer Virus in den Leitungen angesiedelt hätte? Und wir sind alle wie die Bekloppten zum Supermarkt gefahren, um Mineralwasser zu kaufen.«

Rika rollte mit den Augen. »Das stimmt aber wirklich. Hier, wenn du mir nicht glaubst.« Sie riss das Küchenfenster auf. »Siehst du hinter Bergmanns Haus? Das ist doch ein Polizeiwagen.«

»Stimmt«, musste Hilde zugeben. »Aber das kann ja sonst was sein. Vielleicht eine Verkehrskontrolle?«

»Klar, jetzt im November, wo hier sowieso nix los ist.« Rika ärgerte sich, dass ihre Schwester so gelassen reagierte. »Also, ich weiß, dass Wilma im Kopf noch ganz klar ist. Sie würde mich niemals anrufen, wenn das nicht stimmen würde.« Sie schloss das Fenster wieder.

»Hat sie auch gesagt, wer das ist?«, fragte Hilde nach.

»Wer was ist?«

»Na, wer die Tote ist.« Hilde wurde ungeduldig. Ihre Schwester war ein Schaf. Sie vermutete in allen Menschen nur das Gute, hatte schon mehrmals an der Haustür ein Zeitschriften-Abo abgeschlossen und einmal einen angeblich wertvollen Perserteppich an der Haustür erstanden, der sich im Nachhinein als billige Putzwolle herausgestellt hatte.

»Motje Baumann aus Carolinensiel.«

Hilde runzelte die Stirn. »Ich dachte, sie heißt Martha?«
»Nee, Motje. Du weißt doch, sie hatte mal in Carolinensiel das Geburtshaus. Wolltest du nicht damals Insa dort entbinden?«
»Quatsch«, wehrte Hilde ab. »Insa ist in Wittmund zur Welt gekommen, aber das weißt du doch.«
Rika zuckte mit den Schultern. »Kann sein, habe ich vergessen. Ich habe ja von sowas gar keine Ahnung.«
»Vielleicht ist ihr schlecht geworden, Herzinfarkt oder sowas«, überlegte Hilde weiter.
»Du meinst, die Hebamme ist spazieren gegangen und einfach umgekippt?«
Hilde legte beschwichtigend die Hand auf den Arm ihrer Schwester. »Wir werden das alles schon erfahren«, sagte sie und drehte das Radio lauter.
Das war mal wieder typisch, ärgerte sich Rika. Hilde hatte die Allüren der ehemaligen Bürgermeistergattin immer noch nicht abgelegt, obwohl ihr Mann, ehemals angesehener Ortsbürgermeister von Carolinensiel, schon lange tot war. Aber ihre Schwester legte immer noch Wert auf Korrektheit und gutes Ansehen.
Rika beobachtete Hilde, die jetzt am Tisch saß und eine politische Zeitschrift las. Leicht war das Zusammenleben mit ihr und deren längst erwachsenen Töchtern nicht. Obwohl alle Hausbewohner über einen eigenen großzügigen Wohnbereich verfügten, gab es fast täglich irgendwelche Diskussionen. Ihre Schwester hatte nach Rikas Ansicht immer noch nicht geschnallt, dass ihre Töchter längst erwachsen waren und ihr eigenes Leben lebten.
Rika verzog sich bei solchen Wortgefechten regelmäßig in ihr Zimmer und stellte den Fernseher auf volle Lautstärke.
»Moin«, nuschelte Vera, Hildes ältere Tochter. »Was ist denn hier los?« Sie stand in der Tür der großzügigen Küche und sah abwechselnd von der Tante zur Mutter.
»Ist nix Besonderes«, murmelte Hilde und blätterte eine Seite weiter.

Vera schüttelte den Kopf und entnahm dem Kühlschrank eine Flasche Apfelsaft. »Noch jemand?« Da keine der beiden Schwestern antwortete, goss sie sich etwas in ein Glas, trank es aus und setzte sich zu ihrer Mutter an den Tisch. »Ich fliege in ein paar Wochen nach Mallorca.«

»Was willst du denn da?« Hilde sah hoch.

»Boris hat mich eingeladen«, antwortete Vera und stellte ihr leeres Glas in die Spüle.

»Du hast doch gar kein Geld«, entrüstete sich Hilde. »Das würde ich mir noch mal überlegen. Zuerst solltest du deine Schulden bei mir bezahlen, bevor du verreist. Und dann ausgerechnet mit dem Kerl.«

»Du bekommst deinen Mietanteil schon«, giftete ihre Tochter und sprang auf. »Schließlich gehe ich ja arbeiten.« Lautstark fiel die Küchentür hinter ihr ins Schloss.

Als Rika in das frustrierte Gesicht ihrer Schwester schaute, die mit spitzen Fingern eine Seite nach der anderen umblätterte, hielt sie es für das Beste, sich die nächsten Stunden hier unten nicht mehr blicken zu lassen. Sie verließ die Küche, schloss geräuschlos die Küchentür hinter sich und ging nach oben.

4. Kapitel

Nachdem Gesa das Haus von Tante Wilma wieder verlassen hatte, griff diese zum Telefon und rief ihre Nachbarinnen an, um sie über die aktuellen Ereignisse zu informieren. Sie sprach ein paar Minuten, während Hinrich und Janneke abwartend in der Küche saßen.

»Das war Rika«, erklärte Wilma, als sie aufgelegt hatte. »Sie wohnt mit ihrer Schwester Hilde und deren beiden Töchtern nebenan. Ich bin froh, dass ich Rika und Hilde habe.« Sie klopfte auf ihre Beine. »Wenn die nicht mehr so wollen, dann sind die zwei schnell zur Stelle.«

Janneke sah zum Nachbargrundstück herüber. »Das Haus ist wirklich sehr groß.«

Wilma lachte. »Das war Hildes Mann. Er legte großen Wert auf Privatsphäre und wollte deshalb viel Wohnraum haben, damit sich alle aus dem Weg gehen können. Er hatte keine Lust, der gesamten Verwandtschaft den ganzen Tag über den Weg zu laufen.«

»Wen hat er damit gemeint?« Hinrich hatte ebenfalls das große Nachbarhaus in Augenschein genommen.

»Er meinte Rika, seine Schwägerin. Sie war nie verheiratet und Hilde wollte sie nicht alleine lassen. Deshalb hat sie auch in dem Haus gewohnt.« Wilma rümpfte die Nase. »Der Herr Bürgermeister, also Hildes Mann, hatte ganz schöne Standesdünkel und hat immer auf seinen untadeligen Ruf geachtet.«

Hinrich grinste. »Das ist bei uns in Amdorf genauso, alle registrieren alles von jedem. Das kann manchmal ganz schön anstrengend sein.«

»Da hast du recht«, stimmte Tante Wilma ihm zu. »Tja, und dann ist er drei Monate nach Insas Geburt gestorben und Hilde musste die beiden Mädchen alleine versorgen.«

»Das war ja nicht so schön«, kommentierte Hinrich die Erzählung.

Wilma Cornelsen nickte. »Hilde hat damals viel Mitgefühl erhalten. Wir haben sie auch damals alle unterstützt. Jetzt wohnen die beiden Schwestern mit den Mädchen zusammen in dem Haus. Insa ist neunundzwanzig und arbeitet in einem Hotel in Neuharlingersiel. Und ihre ältere Schwester Vera hat bei der Tourist-Information in Carolinensiel eine Stelle gefunden.« Sie seufzte. »Ich kann mich noch gut daran erinnern, als Vera eines Tages vor der Tür ihres Elternhauses stand. Ihr geschiedener Mann hatte sie mit einer Menge Schulden einfach sitzen lassen. Hilde war nicht gerade erfreut darüber, aber ich denke, sie hat sich inzwischen mit der Tatsache abgefunden. Für Vera ist das sicherlich auch nicht leicht, denn immerhin ist sie jetzt Mitte vierzig und lebt wieder im Haus ihrer Mutter.«

»Manchmal läuft es im Leben leider nicht so, wie wir uns das vorstellen«, philosophierte Hinrich und stand auf. »Ich werde mir jetzt das Dach des Schuppens ansehen«, verkündete er. An der Küchentür drehte er sich um. »Und du, Janneke, was ist mit dir?« Er kannte seine Nichte nur zu gut und wusste genau, was ihr durch den Kopf ging.

»Ich würde zu gerne wissen, was sich da am Deich zugetragen hat.« Die junge Frau sah ihren Onkel an. »Du kennst mich doch.«

Tante Wilma lächelte Janneke an. »Nichts leichter als das. Dir kann geholfen werden.« Sie nahm das Telefon und wählte eine Nummer.

***

»Sehen Sie hier?«, erklärte Kommissar Justus Varel und zeigte auf die Bank auf der Deichkrone. »Hier haben wir die Tote gefunden.«

Janneke ging ein paar Schritte näher zur Bank, wobei sie bemüht war, nicht mit ihren Absätzen in dem nassen Gras zu versinken. Sie bemerkte Varels amüsierten Blick. »Ja, ich weiß, das sind keine Schuhe, mit denen man auf einem Deich herumläuft«, verteidigte sie sich mit einem gequälten Lächeln.

Die junge Frau konnte ihr Glück kaum fassen. Wilma hatte ihren Patensohn Justus Varel angerufen, der bei der Kripo in

Emden arbeitete und, welch ein Zufall, im Mordfall Motje Baumann ermittelte. Er war bereit, sich auf Bitten von Tante Wilma mit der jungen Autorin zu treffen.

»Der Postbote hat sie heute Morgen so gegen zehn Uhr unter der Bank gefunden«, gab der Kommissar bereitwillig Auskunft. »Frau Baumann wurde erstochen.«

»Wann denn?«

»Heute Morgen. Einen genaueren Zeitpunkt erfahren wir erst nach der Obduktion.« Er lächelte und zeigte seine weißen, ebenmäßigen Zähne.

»Und sie lag unter der Bank?«

»Ja«, nickte Justus. »Herman Arians hat zuerst gedacht, jemand hätte einen schwarzen Müllsack abgelegt. Das Opfer trug einen dunklen Mantel.«

»Herman ist der Postbote?«

»Ja, der ist oft vormittags zwischendurch mal hier oben. Er sagte, hier könnte er am besten sein Gehirn auslüften.«

»Kann ich gut verstehen«, meinte Janneke, »einmal schön durchpusten lassen und schon ist die Welt wieder in Ordnung, meistens jedenfalls«, fügte sie einschränkend hinzu.

Neugierig sah sie sich um. Um diese Jahreszeit war der Himmel meistens bedeckt und die Sicht eingeschränkt. Da konnte man schon mal einen dunkel gekleideten Menschen für einen Müllsack halten. Aber warum hatte der Täter sein Opfer einfach hier liegen lassen, wo es bald gefunden werden würde? Eventuell war die Tote zu schwer oder die Person war zu schwach, um ihr Opfer woanders abzulegen.

»Ich glaube, wir sollten zu Tante Wilma zurückgehen«, schlug Janneke vor. Sie wollte nicht zugeben, dass sie in ihrem dünnen Mantel und den zierlichen Schuhen erbärmlich fror.

»Ja, kommen Sie, es ist saukalt.« Kommissar Varel lief eilig den Deich herunter, während Janneke um Haltung bemüht hinterherstöckelte.

Tante Wilma erwartete sie schon. »Kommt rein, Kinder, und wärmt euch erst mal auf.« Mit Wohlwollen betrachtete sie den jungen Mann. Er war nach ihrer Ansicht eine Seele von

Mensch, hatte es aber nie geschafft, eine Frau für sich zu begeistern.

»Wo ist Hinrich?«, wollte Janneke wissen, als sie in der Küche beim Tee saßen.

»Er werkelt immer noch am Schuppen rum«, antwortete Wilma und schob die Gebäckschale näher zu Justus.

Janneke trank einen Schluck Tee und sah den Kommissar an. »Ich weiß ja, dass Sie mir das alles gar nicht sagen dürften.«

»Allerdings«, nickte dieser. »Ich mache das nur wegen Tante Wilma. Deswegen bitte ich Sie, das nicht an die große Glocke zu hängen. Aber ich denke, spätestens übermorgen kann man alles in der Presse lesen.«

»Mach dir keine Gedanken«, beruhigte ihn die Rentnerin. »Ganz Harlesiel und Carolinensiel weiß sicherlich bestens über alles Bescheid.«

»Wenn das so ist«, nutzte Janneke die Gunst der Stunde. »Womit wurde sie erstochen?«

Justus grinste. »Na gut. Nach der ersten Inaugenscheinnahme mit einem Schraubenzieher oder Ähnlichem, jedenfalls etwas Spitzes und Schmales. Ich denke, irgendein Werkzeug. Aber genau weiß ich das natürlich nicht, das sind jetzt alles nur erste Vermutungen.«

»Und der Fundort war auch der Tatort?«

»Ja, wir fanden im Gras eine größere Menge Blut des Opfers.«

Nachdenklich drehte Janneke ein Butterplätzchen in der Hand hin und her. Wer ersticht eine Frau auf dem Deich und vor allem warum? War das geplant oder aus der Situation heraus geschehen?

Ihr Ehrgeiz war geweckt. Sie nahm sich vor, unauffällig der Sache nachzugehen. Lächelnd sah sie Tante Wilma und Justus Varel an.

5. Kapitel

»Moin Fokko«, murmelte Herman und stellte sich, ebenfalls mit den Händen in den Hosentaschen, neben den älteren Mann, der mit zusammengekniffenen Augen auf das Watt hinaussah. »Haste schon was gefunden?«

Der Rentner schüttelte den Kopf. »Heute war nix.«

»Noch nicht mal ein Stück Holz?«

Stumm schüttelte Fokko den Kopf.

»Das ist ja blöd«, urteilte der Postbote und trat von einem Bein auf das andere.

»Musst du nicht arbeiten?« Mürrisch sah ihn Fokko von der Seite an.

»Joo, müssen müsste ich schon, aber kein Bock. Ich habe mich wieder mit meiner Frau gestritten und das liegt mir ganz schön im Magen.«

»Und deshalb hast du es gar nicht eilig, nach Hause zu gehen«, analysierte Fokko die Sachlage. »Wieso bist du denn so nervös?«

»Ich denke immer noch an gestern, als ich … du weißt schon …«

»Die Polizei schnüffelt hier die ganze Zeit rum.« Fokko machte eine Kopfbewegung zu zwei Uniformierten, die sich am Tatort umsahen. »Ich glaube, die suchen was.«

Ruckartig drehte sich Herman um. »Meinst du, der Täter hätte hier etwas verloren?«

»Keine Ahnung«, murmelte der Wattlooper. »Wir werden es sicher irgendwann erfahren.«

»Hast du denn gestern gar nichts mitbekommen? Hast du niemanden gesehen? Zum Beispiel eine Person, die sich ebenfalls auf dem Deich aufgehalten hat?«

»Nein, ich war alleine hier.«

»Und Motje hast du auch nicht gesehen, als sie hier oben auf dem Deich war?«

»Nein, ich habe niemanden gesehen.« Unwirsch schob der Ingenieur die Riemen seines Rucksacks zurecht. »Du solltest jetzt weitermachen mit deiner Arbeit«, empfahl er, »das Ganze macht dich doch nur nervös.«

»Eilig habe ich es überhaupt nicht. Jeder spricht mich an und will wissen, wie das gewesen ist, als ich die Leiche gefunden habe. Im Moment ist alles irgendwie Mist.«

»Die Leute brauchen dich doch gar nicht zu fragen. Das können die doch morgen alles in der Zeitung lesen«, analysierte Fokko und erhob sich. »Ich lauf mal wieder los.«

»Ich denke, du hast nix gefunden im Watt.«

»Ich gehe mal ein bisschen weiter raus.«

»Du weißt schon, dass das gefährlich ist?«, gab Herman zu bedenken.

»Ich bin schon als Kind mit meinem Vater ins Watt gegangen«, erklärte der ältere Mann. »Ich kenne mich da so gut aus wie du in deiner Unterhose.«

Herman musste grinsen. »Na ja, der Vergleich hinkt ja ein bisschen. Aber dein Vater war ja Wattführer, hatte ich ganz vergessen.«

»Joo, so ist es.«

»Hast du denn gestern wirklich nichts mitbekommen?« Herman war noch ganz gefangen in den gestrigen Ereignissen.

»Von was.«

»Von der Toten«, half ihm der Postbote auf die Sprünge. »Du bist doch morgens hier. Da musst du doch was gesehen haben.«

»Das habe ich doch gerade gesagt. Das habe ich nicht«, verneinte Fokko. »Und außerdem bin ich nicht immer morgens hier, sondern immer dann, wenn sich das Wasser zurückzieht.« Er wirkte genervt.

Herman hielt es für das Beste, das Gespräch zu beenden. »Ich mach mal weiter«, brummte er und schulterte seine Tasche. Der Alte wird auch immer seltsamer, dachte er. Aber was soll schon aus einem Menschen werden, der viele Stunden mit gesenktem Kopf durch das Watt läuft und nach Müll sucht?

***

Hinrich stand mit rotem Kopf am Herd in Tante Wilmas Küche. Mithilfe zweier riesiger Kochlöffel wendete er liebevoll die Rouladen, die in der alten Kasserolle schmorten.

Janneke und Wilma saßen am Küchentisch und betrachteten Fotoalben. Die ältere Dame stieß einen spitzen Schrei aus und zeigte auf eine Person auf den vergilbten Fotos. »Gott, Hinrich, guck dir mal deine Mutter an. Ich finde, du siehst ihr verdammt ähnlich.«

Janneke beugte sich nach vorne, um das Bild näher zu betrachten. »Das soll meine Großmutter sein?«

Hinrich schmiss die Kochlöffel in die Spüle und setzte sich neben die beiden Frauen. »Nee, Wilma, da täuschst du dich, das ist Tante Gebkea. Guck dir mal die Nase an.« Er sah Janneke an. »Ist meine Nase auch so schief?«

Nur mit Mühe konnte sich seine Nichte ein Grinsen verkneifen. »Hinrich, du hast eine griechische Nase. Wilma wollte dich nur veräppeln.«

Jemand klopfte ans Küchenfenster. »Ach, das ist Insa.« Wilma hob den Kopf.

»Deine Nachbarin?«, vermutete Hinrich.

Wilma nickte. »Wenn sie mit ihrer Schwester und ihrer Mutter Knatsch hat, kommt sie manchmal rüber. Ich mache ihr dann gewöhnlich einen Tee. Dann ist alles wieder in Ordnung.« Sie winkte der jungen Frau zu und machte ihr ein Zeichen hereinzukommen.

»Das ist Insa«, stellte Wilma die verdrossen dreinblickende junge Frau vor. »Und das, liebe Insa, das sind mein Vetter Hinrich und dessen Nichte Janneke.«

»Kommen Sie, setzen Sie sich.« Janneke rückte ein Stück auf dem Küchensofa zur Seite und machte eine einladende Handbewegung.

»Tun Sie mir einen Gefallen und sagen Sie nicht Sie zu mir.« Insa lächelte jetzt. »Das klingt so offiziell und erinnert mich an meine Arbeit im Hotel. Frau Vaartmann, können Sie mal dieses … können Sie mal jenes«, äffte sie eine Kollegin nach.

»Wenn das so ist«, grinste Hinrich. »Ich bin Hinrich und du.« Er ergriff die Hand Insas und quetschte sie so stark, bis diese sie schmerzverzerrt zurückzog.

»Janneke.« Sie nahm vorsichtig Insas Hand. »Nicht, dass du noch mit Blessuren Tante Wilmas Haus verlässt.«

»Das tut richtig gut, nette Menschen zu treffen.« Insa machte eine Kopfbewegung zum Nachbarhaus. »Da drüben sind sie wieder kräftig zugange.«

»Sie streiten sich wieder?« Wilma sah zur Decke. »Ich verstehe deine Mutter nicht. Hilde war doch früher sanft wie ein Reh.«

»Aber es muss immer nach ihrer Nase gehen«, erzählte Insa weiter. »Ich glaube, sie schämt sich, dass Vera ihre Ehe in den Sand gesetzt hat und sich von dem Idioten von Exmann noch alle Schulden hat aufhalsen lassen.«

»Hilde hat schon früher viel Wert darauf gelegt, dass alles in geordnetem Rahmen abgelaufen ist. Dein Vater war schließlich Bürgermeister«, antwortete Wilma.

»Als Bürgermeister hat man ja eine gewisse Verantwortung«, bestätigte Hinrich. »So einer darf sich keinen Fehltritt erlauben.«

»Aber sich scheiden lassen ist doch kein Verbrechen«, wandte Janneke ein und dachte an die kurze Ehe mit ihrem geschiedenen Mann. Sie waren, wie man so sagt, im Guten auseinandergegangen.

»Na ja, für manche Leute schon«, behauptete Wilma und deutete auf das Haus auf dem Nachbargrundstück. »Zum Beispiel Hilde.«

»Natürlich ist das kein Verbrechen, aber du weißt ja, wie gequatscht wird … Ach du Scheiße.« Hinrich sprang auf und zog den Topf mit den Rouladen vom Herd. Mit einem Küchenhandtuch bewaffnet, öffnete er den Deckel. »Noch mal gut gegangen.« Er füllte eine Tasse mit Wasser und goss etwas über das Fleisch. »Bisschen dunkel«, murmelte er, »aber dafür ist es sehr würzig.«

»Siehste, Hinrich, das kommt vom Quatschen«, grinste Janneke. »Da hast du aber noch mal Glück gehabt.«

»Und deine Mutter streitet sich jetzt mit Vera?«, kam Wilma zum Gesprächsthema zurück. »Vera hat das sicher nicht extra gemacht, ich meine, das mit den Schulden.«

Insa nickte. »Eben, genau das denke ich auch, aber du kennst ja Mama.« Mit einer energischen Bewegung schleuderte die junge Frau ihre Haare nach hinten. »Ich warte jetzt mal eine halbe Stunde und dann ist der Rauch da drüben sicher verzogen.«

Hinrich stand immer noch am Herd und beobachtete sein Bratgut. Wilma verließ mit einem gemurmelten »Ich verschwinde mal kurz« die Küche.

Janneke gefiel die junge Nachbarin, die nur wenige Jahre jünger war als sie selbst. »Sag mal, Insa, kanntest du die Hebamme, die man gestern tot am Deich gefunden hat?«

Insa wiegte nachdenklich ihren Kopf hin und her. »Kennen ist sicherlich zu viel gesagt. Ich weiß, dass sie ungefähr um die sechzig gewesen sein muss. Sie hatte bis vor ein paar Jahren ein Geburtshaus in Carolinensiel. Eine etwas ältere Kollegin hat mir das einmal erzählt. Und dass eine solche Einrichtung damals, als Frau Baumann das eröffnet hatte, ganz modern war. Die werdenden Mütter wollten ihre Kinder auf natürliche Weise bekommen. Die Hebamme hat auch in dem Haus gewohnt. Ein bisschen sonderbar war sie schon, so sagten es einige Menschen, die mit ihr näher zu tun hatten.« Sie zuckte mit den Schultern. »Mehr kann ich dir auch nicht sagen.«

»Weißt du, ob sie Feinde hatte?«, fragte Janneke nach. »Vielleicht eine Frau, die bei ihr entbunden hat, und bei der Geburt ist etwas schiefgelaufen? Oder jemand aus ihrem privaten Umfeld, Nachbarn oder ihre Familie?«

»Ich glaube, sie war gar nicht verheiratet. Und ob sie hier noch Familie hat, weiß ich nicht, aber du könntest bei Gelegenheit meine Mutter fragen. Die kennt sich mit solchen Sachen bestens aus.«

Tante Wilma kehrte zurück. »So, Kinners, wie wäre es mit Tee?« Sie sah zu Hinrich. »Du brauchst sicher noch eine Weile, bis deine Schätze so sind, wie du es willst.«

»Mach mal«, brummte Hinrich und streute eine Prise Salz über das Fleisch.

Mit geübten Handgriffen bereitete die ältere Ostfriesin den Tee zu. »Janneke, hole doch aus dem Küchenschrank ein paar Tassen.« Sie stellte eine bunte Blechdose mit Keksen auf den Tisch. »Dänisches Gebäck, zergeht im Mund wie Sahne.«

Sie legte in jede der kleinen Tassen ein Kluntje und goss Tee darüber. »Wer Sahne will, nimmt sich bitte selbst.« Schwerfällig nahm Tante Wilma Platz. »Die Knochen … die werden auch nicht jünger.« Sie sah zum Nachbarhaus. »Insa, deine Tante winkt hier herüber.«

»Wo?« Insa reckte den Hals. »Ach, da oben am Fenster.«

»Was will sie denn?« Neugierig sah Janneke zu der Frau herüber, die im offenen Fenster stand und winkte.

»Das ist Insas Tante Rika«, klärte Wilma Janneke auf. »Das soll sicher heißen, dass die Luft wieder rein ist.«

»Genau. Wahrscheinlich hat Mama oder Vera mit lautem Türenknallen das Haus verlassen.« Insa trank ihre Tasse leer und stand auf. »Danke für den Tee.« In der Tür drehte sie sich um. »Janneke, ich hoffe, wir sehen uns noch ein einmal?«

»Darauf kannst du dich verlassen. Ich werde noch eine Weile in Harlesiel bleiben«, lächelte diese und füllte ihre Tasse mit frischem Tee.

6. Kapitel

Mit hängenden Schultern saß Fokko Tapper an dem wackeligen Holztisch in seiner Werkstatt und starrte ins Leere. Heute Morgen hatte Christa ihm emotionslos mitgeteilt, dass sie ein paar Tage mit ihrer Freundin nach Langeoog fahren würde. »In der Tiefkühltruhe findest du etwas zu essen, ansonsten weißt du ja, wo der Supermarkt ist.«

Er hatte nur kurz genickt und sich dann in seine Werkstatt verzogen. Frustriert betrachtete er die unzähligen Skulpturen, die sich in den Regalen, auf der Fensterbank und auf den Schränken befanden. Früher hatte er schon mal das eine oder andere Exemplar verkauft, aber heutzutage gaben die Menschen keinen Euro für Kunst aus. Sie sahen wohl seine Kreationen aus Fundstücken aus dem Watt nicht als kaufenswert.

Er griff zu seinem Rucksack, der an einem großen eisernen Haken an der Werkstatttür hing, und entnahm die beiden Fundstücke, die er gestern im Watt entdeckt hatte. Ein circa fünfzig Zentimeter langes Stück Holz, die Oberfläche rau und vom langen Liegen im Salzwasser ergraut, lag schwer in seinen Händen. Das andere Fundstück war ein Eisenring, den er an einen Haken an seiner Werkbank hängte. Ihm war noch nicht klar, was er damit anstellen würde, aber dass er überhaupt fündig geworden war, erfüllte ihn mit Freude.

Mit Erleichterung dachte er daran, dass Motje jetzt tot in irgendeinem Kühlraum verschimmelte und ihm nichts mehr anhaben konnte. Fokko atmete tief durch. Zum Glück war dieser Albtraum vorbei und seine Panik, seine einstige Geliebte würde überall Unwahrheiten verbreiten, endlich gebannt. Einmal hatte sie ihm angedroht, dass sie ohne schlechtes Gewissen einfach behaupten könnte, dass er in seiner Firma Geld unterschlagen hätte. Dies würde eine aufwendige Untersuchung nach sich ziehen, und sein Ruf wäre, auch bei erwiesener Unschuld, ein für alle Mal ruiniert. Nur mit großer Mühe und einer Essenseinladung in Oldenburg hatte er ihr dieses Vorhaben ausreden können. Dass diese Einladung in ein chinesisches Restaurant ein großer Fehler gewesen war, bekam er kurz darauf zu spüren. Motje schöpfte wieder Hoffnung auf eine Fortsetzung der Beziehung und belästigte ihn weiterhin.

Er hörte, wie Christa die Haustür schloss und mit ihrem Wagen davonfuhr. Sie hatte sich nicht einmal von ihm verabschiedet, noch hatte sie ihm mitgeteilt, wann genau er sie zurückerwarten konnte. Gut, sie hatte für seine Nahrung gesorgt, das tat sie immer, aber ansonsten machte sich seine Frau wenig Gedanken um das, was ihn beschäftigte. Wenn er ehrlich war, musste er zugeben, dass ihm dies auch egal war.

Fokko stach mit einem Holzbohrer ein Loch in das gestern gefundene Holz, schob eine Eisenstange hinein und befestigte das Ganze auf einer kleinen Holzplatte. Zufrieden ging er ein paar Schritte zurück, betrachtete sein Werk und nickte zufrieden. Es konnte nach entsprechender weiterer Bearbeitung mit seinen zahlreichen Holzwerkzeugen ein schmaler Fisch werden, mit zwei kleinen Flossen an jeder Seite.

Mit einem Blick auf seinen Tidekalender stellte der Wattlooper fest, dass sich die Nordsee bereits zurückgezogen und das Watt freigegeben hatte. Er schlüpfte in seine winddichte Jacke, stülpte seine Mütze über den Kopf und schulterte seinen Rucksack. Die Werkstatttür verschloss er sorgfältig von außen und verwahrte den Schlüssel in seiner rechten Hosentasche. Es war Zeit, sich auf eine neue Suche ins Watt vor Harlesiel zu begeben.

***

»Danke.« Justus nahm den Kaffeebecher entgegen, den ihm Tante Wilma reichte. »Da habe ich mich schon die ganze Zeit drauf gefreut.«

»Bist du schon den ganzen Morgen unterwegs?« Wilma ließ sich ebenfalls am Küchentisch nieder und sah ihren Patensohn an. »Ihr habt bestimmt in der Nachbarschaft herumgefragt, ob jemand etwas gesehen hat.«

Er nickte. »So machen wir das eigentlich immer. Angeblich sind alle immer gut informiert, aber wenn es dann darum geht, konkrete Angaben zu machen, sind alle Leute mit akuten Gedächtnislücken ausgestattet und unterbreiten uns die wildesten Theorien.«

Die alte Dame lachte. »Ich gebe dir Brief und Siegel, dass einige schon den Fall gelöst haben, theoretisch jedenfalls.«

Justus nickte zustimmend und trank einen Schluck Kaffee. »Wo ist denn dein Besuch?«

Wilma lächelte verschmitzt. Insgeheim vermutete sie, dass er eigentlich wissen wollte, wo Janneke war. »Hinrich ist zum Baumarkt, er wollte ein paar Steckdosen hier im Haus erneuern. Und Janneke? Ich glaube, sie wollte etwas einkaufen.«

»Hmmmh«, brummte der Kommissar und tat betont desinteressiert.

»Hast du Jannekes Schuhe bemerkt? Also ich finde die schick«, plauderte Wilma und grinste. »Also ich könnte mit sowas ja nie unterwegs sein. Sie war ja sogar auf dem Deich damit.«

»Ja, das habe ich hautnah mitbekommen. Keine Ahnung, wie sie das hinbekommen hat«, grinste er und sah aus dem Fenster.

Wilma folgte seinem Blick. »Ach, da kommt sie ja.« Sie zeigte auf den Citroën, der gerade vor dem Haus hielt.

Kurze Zeit darauf betrat Janneke Tante Wilmas Küche.

»Du hast Besuch?« Erfreut reichte sie Justus die Hand. »Und gibt es etwas Neues? Ich meine die Ermittlungen im Fall von Motje Baumann.«

»Dass Sie den Namen behalten haben«, entgegnete Justus verwundert. »Ich kann mir ja Namen schlecht merken.«

Wilma beobachtete Janneke und bemerkte, wie sie vor Wissbegierde fast platzte, es aber augenscheinlich vermeiden wollte, neugierig zu wirken. »Seid ihr denn in dem Fall schon weitergekommen?«

Mit zwei Fingern schob Justus seinen Kaffeebecher von sich. »Du weißt ja … ähm … Sie wissen ja, dass ich eigentlich nicht …«

Janneke schmunzelte. »Du ist schon in Ordnung. Das macht das Ganze etwas leichter.«

Jetzt schmunzelte auch er. »Finde ich auch, aber trotzdem kann ich mich nicht so weit aus dem Fenster lehnen.«

»Komm, du kannst doch mal eine Ausnahme machen. Wir sind ja keine Fremden.« Tante Wilma sah den jungen Mann auffordernd an.

»Na gut, weil du es bist«, ließ sich Kommissar Varel breitschlagen. »Die Obduktion hat ergeben, dass Frau Baumann am besagten Tag morgens zwischen sieben und acht Uhr mit einem spitzen Werkzeug erstochen wurde.«

»Das ist alles?« Wilma war enttäuscht. »Und warum macht einer sowas?«

»Es muss ja ein Motiv geben«, meinte Janneke. »Meistens ist das so: Wenn man erst mal weiß, warum der Mord geschehen ist, kann man Rückschlüsse auf den Täter ziehen.«

Justus nickte. »Dem kann ich uneingeschränkt zustimmen. Und damit beginnen die Schwierigkeiten, denn oft liegt das Motiv nicht direkt auf der Hand.«

»Ja, stimmt«, bekräftigte Janneke. »Und wie oft richtet man den Blick in die falsche Richtung.«

»Tante Wilma, du kennst ja die ehemalige Hebamme sicher besser als ich«, fuhr Justus fort. »Uns wurde übereinstimmend erzählt, dass sie kein einfacher Mensch gewesen ist. Sie hat sich gerne mit ihren Mitmenschen über Umweltfragen gestritten, hat sich in vieles eingemischt, was sie nichts anging, und war auch sonst nicht sehr umgänglich. Dazu kommen noch diverse Affären, aber ob das alles so stimmt, kann ich natürlich nicht sagen.«

Wilma nickte. »So weit kann ich das alles, was du bisher über diese Frau gehört hast, bestätigen, es deckt sich auch mit meinen Beobachtungen.« Sie überlegte kurz. »Soviel ich weiß, hat sie vor Jahren mal ein Verhältnis mit dem Wattlooper gehabt.«

Justus griff in seine Jackentasche und holte einen Notizblock hervor. »Ja, das hat man mir auch erzählt …« Er blätterte ein paar Seiten weiter. »Ja, ich habe es mir notiert. Er heißt Fokko Tapper. Ich muss ihn noch befragen.«

Wilma nickte. »Ja, Fokko, der läuft tagaus, tagein im Watt herum und sammelt alles auf, was ihm in die Finger kommt.«

»Hat Frau Baumann schon immer hier gelebt?«, wollte Janneke wissen.

»Soviel ich weiß, ja«, antwortete Wilma. »Jetzt fällt es mir wieder ein. Die Eltern hatten eine Pension in Carolinensiel. Wie hieß die noch mal …?« Sie stützte ihr Kinn auf. »Irgendwas mit Düne … Ich komme noch drauf. Jedenfalls hat Motje immer bei ihren Eltern gearbeitet. Eines Tages hieß es, sie sei nach Hannover gezogen und besuche eine Hebammenschule. Später habe ich sie wieder mal hier in Carolinensiel gesehen. Sie trug so einen merkwürdigen langen Rock und eine lila Bluse mit vielen Fransen. Sie sah aus wie eine Vogelscheuche.«

»Wann war das denn?« Janneke sah Tante Wilma an. »Vielleicht war das damals modern?«

»Keine Ahnung. Sie war die Einzige, die sowas Außergewöhnliches anhatte«, zuckte die alte Dame mit den Schultern. »Das muss ungefähr dreißig Jahre her sein. Motje war noch sehr jung. Aber ob das modern war? Da kenne ich mich nicht aus.«

Justus schüttelte nur mit dem Kopf und sagte nichts.

»Sie sah jedenfalls total ungewöhnlich aus. So wie die Hippies damals. Justus, wie alt war Motje, als man sie … du weißt schon.«

»Sie war sechzig, als sie starb.«

»Siehste, ich sag ja, das ist lange her. Motje war damals ungefähr fünfundzwanzig oder dreißig.« Wilma nickte zufrieden. »Was wollte ich eigentlich erzählen? Ach ja … Sie kam also aus Hannover zurück und hat sich von ihrem Vater ihren Erbanteil auszahlen lassen. Das olle Haus in Carolinensiel hat sie gemietet, renoviert und mit dem ganzen

Schnickschnack eingerichtet, den man für so ein Geburtshaus braucht.«

»Ich habe mal im Internet nachgesehen«, sagte Janneke. »Die Geburtshäuser waren in den achtziger Jahren ganz aktuell. Später haben sich die Frauen aber immer mehr dazu entschlossen, im Krankenhaus zu entbinden, weil bei eventuellen Komplikationen in der Klinik schnell ein Arzt zur Stelle ist.«

»Warte mal.« Wilma runzelte die Stirn. »Genau … in Motjes Geburtshaus gab es auch mal vor Jahren einen Zwischenfall bei einer Entbindung. Danach hat sie das Haus geschlossen, hat aber nach meiner Kenntnis weiterhin da gewohnt.«

»Was weißt du noch darüber?«, wollte Justus wissen.

Wilma schloss kurz die Augen. Man sah ihrem Gesicht an, dass sie angestrengt nachdachte. »Das war so, ein Kind ist während der Geburt verstorben. Irgendwas war mit der Nabelschnur, die sich um den Hals des Kindes gewickelt hat. Man hat Motje später Vorwürfe gemacht, sie hätte den Zeitpunkt verpasst, ihre Patientin rechtzeitig in die Klinik zu bringen. Wenn mich nicht alles täuscht, kam es damals sogar zu einem Prozess.«

Justus nickte zustimmend. »Frau Baumann musste sich vor Gericht verantworten.«

»Wilma, weißt du noch, wie die Patientin hieß, deren Kind gestorben ist?«, wollte die junge Ostfriesin wissen.

»Das kann ich dir genau sagen. Es war Beate Arians, die Frau von unserem Postboten. Seitdem ist die arme Frau total am Boden und will hier immer wegziehen, aber Herman macht da nicht mit.«

»Und der Postbote war es doch, der die Tote gefunden hat?«, fragte Janneke nach.

»Genauso ist es«, bestätigte Justus und klappte sein Notizbuch zu.

***

Janneke zog ein paar bequeme Schuhe an, stülpte sich eine Wollmütze über ihre kurzen Haare und ging hinunter in die Küche, in der Hinrich und Wilma beim Tee saßen.

»Wo willst du denn hin?« Hinrich musterte sie von oben bis unten. Als sein Blick auf die Schuhe seiner Nichte fiel, grinste er. »Du hast ja gar nicht deine Stelzen an«, stänkerte er und schob sich einen Schokoladenkeks in den Mund.

»Wilma, kann ich dein Fahrrad haben?«, wandte sich Janneke an die Seniorin, die Anspielung ihres Onkels missachtend.

»Das Ding steht im Schuppen«, antwortete Wilma. »Aber ob damit alles in Ordnung ist, weiß ich nicht. Los, Hinrich«, stupste sie ihren Vetter an. »Anstatt zu stänkern, guck lieber mal, ob das Rad in Ordnung ist. Mit einem platten Reifen kann Janneke ja schlecht fahren.«

Dankbar lächelte die junge Frau Wilma an. Hinrich erhob sich widerwillig und stampfte, Janneke im Schlepptau, zum Schuppen.

»Ich weiß ja nicht, wieso du bei dem Schietwetter mit dem Rad fahren willst. Bei dem Wind kommst du doch gar nicht vorwärts.«

»Keine Sorge, Hinrich, das klappt schon. Ich will nach Carolinensiel, etwas nachsehen.«

»Wahrscheinlich bist du wieder auf krimineller Spurensuche, oder?«

Janneke zuckte nur mit den Schultern. »Die Reifen sehen aber noch ganz in Ordnung aus.«

Hinrich griff zur Luftpumpe, die an der Wand hing. »Zur Sicherheit mache ich noch ein bisschen Luft rein.«

So kannte Janneke ihren Onkel, brummig, aber wiederum sehr besorgt um ihr Wohlergehen.

»So, jetzt geht es.« Hinrich schob das Rad zur Straße.

»Janneke?« Insa stand mit ihrem Fahrrad auf der Straße und winkte Janneke zu. »Du willst auch mit dem Rad weg?«

»Ja, ich wollte nach Carolinensiel.«

»Kann ich dich nicht begleiten?« Sie wies mit dem Kopf zu ihrem Haus. »Die sind schon wieder dabei, sich um Kopf und Kragen zu streiten. Ich bin abgehauen, mir ist das zu viel. Mein

Kopf muss wieder leer werden.« Sie zog ihre Wollmütze tiefer ins Gesicht. »Eigentlich ist ja kein Fahrradwetter.«

»Komm«, winkte Janneke. »Wir fahren trotzdem.«

Janneke winkte Hinrich noch kurz zu und schwang sich aufs Rad. Sie machte Insa ein Zeichen, ihr zu folgen.

Die knappen zwei Kilometer bis Carolinensiel bewältigten die beiden Frauen in zehn Minuten, obwohl ihnen der Wind von vorne kräftig ins Gesicht blies. Am Ortseingang angekommen, stoppte Janneke und stieg ab.

»Wo willst du denn genau hin?« Insa war ebenfalls abgestiegen und riss sich die Mütze vom Kopf. »Jetzt schwitze ich. Man muss aber auch ordentlich in die Pedale treten, wenn man vorwärtskommen will.«

Janneke zog ihr Handy aus ihrer Jackentasche. »Ich will zum Lotsenweg. Weißt du zufällig, wo das ist?«

»Sagt mir jetzt nix«, schüttelte Insa den Kopf. »Was ist denn da so Besonderes?«

»Es ist ein Haus, welches mich interessiert. Das ehemalige Geburtshaus von Motje Baumann.«

Insa runzelte die Stirn. »Das ist doch die, die Herman oben auf dem Deich gefunden hat?«

»Genau die. Deshalb will ich mir das Haus mal ansehen. Soviel ich weiß, hat sie bis zu ihrem Tod drin gewohnt.« Janneke rief einen Routenplaner in ihrem Handy auf und gab die gewünschte Straße ein. »Das ist gar nicht weit.« Sie wies mit ihrer Hand nach links. »Ich denke, das ist die zweite Straße rechts. Da müsste es sein.« Sie schwang sich wieder aufs Fahrrad. »Komm, wir sind gleich da.«

Innerhalb kürzester Zeit standen sie vor dem ehemaligen Geburtshaus. Es war ein weiß getünchtes Haus, welches im Laufe der Jahre einen leichten Grauschleier angenommen hatte. Der Vorgarten sah ziemlich verwildert aus, obwohl alle Gärten um diese Jahreszeit durch abgestorbene Äste und verfaulte Laubberge etwas wild aussahen.

»Ich nehme mal an, dass sie unten ihre Räume für die Entbindung hatte«, vermutete Janneke. »Und oben hat sie sicher gewohnt.« Dünne, blickdichte Jalousien waren in der unteren Etage heruntergezogen und gaben dem ganzen Erdgeschoss einen leblosen Anstrich. In den Fenstern der Dachwohnung standen ein paar Keramiktöpfe und Holzfiguren. Dadurch wirkten diese Räumlichkeiten bewohnt.

»Wir können da aber nicht rein.« Mit hochgezogenen Schultern stand Insa Vaartmann neben Janneke. »Die Polizei hat sicher alles versiegelt oder wie das heißt. Ich kenne das nur aus den Krimis im Fernsehen.«

»Aber wir können uns mal hinter dem Haus umsehen«, schlug Janneke vor. »Das ist sicher nicht verboten.« Sie öffnete die Gartenpforte. »Siehst du, noch nicht mal abgeschlossen.«

Zögernd folgte Insa ihrer neuen Freundin an der Hausseite entlang über einen schmalen gepflasterten Weg in den Garten. Die Eingangstür befand sich an der Seite des Hauses, überdacht mit einem überdimensionalen Vordach.

Der hintere Garten lag ebenfalls im Winterschlaf. Aber Janneke registrierte, dass die Hebamme offensichtlich Gemüse und Kräuter gezüchtet hatte. Die verblühten Ranken der Tomaten wanden sich an einer Schuppenwand empor. Ein Gemüsegarten war akkurat mit Klinkersteinen in mehrere Abschnitte unterteilt. Ein paar Keramikschildchen wiesen mit ihrer Beschriftung darauf hin, was hier einst gesät und geerntet worden war.

»Komm, wir gehen wieder«, jammerte Insa. »Wenn uns jemand sieht … Schließlich ist die Frau ermordet worden und da wäre es doch mehr als peinlich, wenn man uns hier erwischt.«

Beruhigend legte Janneke eine Hand auf Insas Arm. »Sie ist ja nicht hier ermordet worden, sondern am Deich. Hier hat sie doch nur gewohnt.« Die beiden wandten sich zum Gehen. In der Höhe der Haustür angekommen, stieß Janneke einen kurzen Schrei aus. »Da war aber jemand noch neugieriger als wir.«

»Oh Gott, was ist?« Insa wollte wegrennen, blieb aber nach zwei Schritten stehen.

Janneke zeigte auf das Polizeisiegel an der Haustür von Motje Baumann. Jemand hatte es aufgebrochen.

7. Kapitel

Die Lesebrille auf der Nase starrte Fokko in die Teedose. Er nahm einen Beutel mit Ostfriesentee heraus, legte den kleinen Sack in seinen blau-weißen Teepott und goss das heiße Wasser darüber. Christa rümpfte stets die Nase, wenn er sich auf diese Art einen Tee zubereitet hatte. Seine Frau bevorzugte es, wenn der lose Tee ganz stilecht in der Kanne zog und später durch ein Teesieb in die jeweilige Tasse gelangte. Fokko hatte sie früher oft hochgenommen, da sie die ostfriesischen Traditionen über alles stellte. Zu Neujahr wurden mithilfe eines von Tante Hertha geerbten Waffeleisens Neejahrskoken gebacken, am Ostersamstag ging sie mit ihren Freundinnen zum Osterfeuer und zu den jeweiligen Jubiläen schmückte sie mit den Nachbarn einen Kranz aus Blättern oder Tannen und drapierte diesen um die Haustür des Gefeierten.

Für ihn war das alles zu viel Firlefanz, er mochte es einfach und gediegen, ohne viel Schnickschnack.

Mit seinem Teepott in der Hand setzte sich Fokko auf das Küchensofa und las den Lokalteil der regionalen Zeitung. Groß und breit stach ihm die Todesanzeige von Motje Baumann ins Auge, die laut Text *immer im Dienst der Menschen gestanden hatte*. Er bezweifelte, dass das Zur-Welt-Bringen der Kinder durch eine Hebamme ein hoher Verdienst war, denn die Natur hatte es seines Wissens so eingerichtet, dass ein neuer Erdenbürger zur Not auch ohne weitere Hilfe das Lichte der Welt erblicken konnte.

Wenn die alle wüssten, ärgerte sich Fokko, was für ein penetranter Mensch Motje gewesen war. Rechthaberisch und unnachgiebig. Deshalb war es mehr als gerecht, dass sie jetzt … Er hob den Kopf und lauschte. Die Haustür wurde geöffnet und Christa stand plötzlich in der Küche.

»Du bist doch erst gestern weggefahren?«, wunderte er sich. »Hast du Krach mit deiner Freundin?« Seine Stimme klang zynisch.

Sie verließ, ohne ihn zu beachten, die Küche wieder und ging nach oben in ihr Schlafzimmer. Fokko war sofort sauer, weil sie ihn einfach so hatte stehen lassen. Er sprang auf und eilte ihr nach.

Mit verschränkten Armen stand er im Türrahmen und beobachtete Christa, die ohne jegliche Hektik einen größeren Koffer packte.

»Wo soll's denn hingehen?« Er stieß einen verächtlichen Laut aus. »Sieht nach etwas Größerem aus. Fährt deine Freundin mit?«

Christa hielt inne und drehte sich zu ihm um. »Diese Freundin ist ein Mann und ich werde zu ihm ziehen.«

Perplex öffnete er den Mund. Alles hätte er erwartet, aber dass sie ihn verlassen würde, diese Möglichkeit hatte er nie in Betracht gezogen. »Ich verstehe nicht ganz?«

Langsam setzte sich Christa auf ihr Bett und klopfte auffordernd auf die Decke neben sich. »Setz dich bitte einen Moment zu mir.«

Zögerlich kam Fokko ihrer Aufforderung nach. Stumm wartete er auf das, was da kommen würde.

»Weißt du, Fokko, ich war damals stolz, dass du mich gefragt hast, ob ich deine Frau werden wollte. Du hast mir ein schönes Leben ermöglicht, finanziell hat es mir an nichts gefehlt.« Sie wischte sich über ihre Augen. »Dass es mit Kindern bei uns nicht geklappt hat, war vielleicht auch der Grund dafür, dass du dich langsam von mir entfernt hast. Oft warst du mit deinen Gedanken woanders.« Sie blickte ihn jetzt offen an. »Ja, ich habe es deinem Gesicht immer angesehen, wenn du in Gedanken auf irgendwelche Reisen gegangen bist.« Entschlossen schob Christa die Ärmel ihres Pullovers nach oben. »Erst als du begonnen hast, dich auch körperlich woanders heimisch zu fühlen … du weißt, was ich meine … da ist etwas in mir erkaltet. Damals die Geschichte mit dem jungen Ding aus Bremen … ich glaube, ich habe das bis heute nicht verkraftet. Aber es ist so, wie es ist, und ich kann es nicht mehr ändern.« Schwungvoll stand sie auf und tat weiter ihre Sachen in den Koffer.

»Aber wir haben uns doch damals ausgesprochen.« Er verstand überhaupt nicht, worauf sie hinauswollte.

»Du irrst dich«, entgegnete sie. »Wir haben uns nicht ausgesprochen, sondern du hast mich über die näheren Umstände in Kenntnis gesetzt.«

»Aber das ist doch schon so lange her«, argumentierte er weiter. »Wieso machst du das?« Er deutete auf den Koffer, den Christa gerade mit Wucht zugeklappt und sorgfältig verschlossen hatte.

»Ja, es ist lange her und ich habe viel zu lange damit gewartet, meine Lehren aus dieser Sache zu ziehen.« Mit einem Ruck zog sie den Koffer vom Bett. »Es ist ja nicht nur wegen damals. Danach kam ja noch die eine oder andere Geschichte.« Fast schadenfroh sah sie in sein verdutztes Gesicht. »Hast du gedacht, dass ich nichts bemerke?« Sie lachte schrill auf. »Motje hat sich ja nicht gerade unauffällig benommen.« Fast liebevoll streifte sie ihren Ehering ab und legte ihn behutsam auf die Fensterbank. »Sie ist jetzt tot und das ist für mich das Zeichen, meine Zelte hier abzubrechen.« Christa nahm ihren Koffer und verließ das Zimmer. Starr vor Schreck saß Fokko auf dem Bett seiner Ehefrau und hörte, wie sie unten die Haustür ins Schloss zog.

***

»Bist du verrückt? Da kommt sicher gleich jemand«, jammerte Insa, schlich aber mit ängstlichem Gesicht Janneke hinterher, die vorsichtig die Haustür öffnete. Insa fasste Janneke an den Schultern. »Ich weiß nicht, ob wir das tun sollten.«

»Das Siegel war doch schon kaputt und die Haustür nicht abgeschlossen. Dann können wir uns auch mal hier umsehen.« Die junge Autorin griff nach Insas Arm und zog sie mit sich.

Die heruntergelassenen Jalousien tauchten die verlassenen Räume in ein mildes Licht. Im Flur stand eine große Vitrine, in der zahlreiche Plüschtiere untergebracht waren. Gleich neben der Haustür befand sich ein kleines Büro mit Aktenschränken, Computer und Wandregalen, auf denen einige Ordner standen. Neugierig gingen die beiden jungen Frauen weiter. In dem nächsten Raum waren mehrere bequeme Sofas platziert. Bücher, Regale mit allerhand Nippes und farbige Wolldecken, die über den Sofalehnen hingen, erweckten den Eindruck, es würde sich um ein Wohnzimmer handeln. »Komm, wir schauen auch da hinten nach«, flüsterte Janneke und sah zu Insa, die ihr mit zusammengepressten Lippen folgte.

Das Erdgeschoss war in mehrere Räume unterteilt. In einem gab es zwei Betten, eine große Badewanne und ein paar große Medizinbälle.

»Für was braucht man so große Bälle, wenn man ein Kind bekommt?«, raunte Insa. »Vielleicht zur Entspannung? Ich habe mal gelesen, dass die Frauen unter fürchterlichen Rückenschmerzen leiden, wenn sie in den Wehen liegen.«

»Keine Ahnung, aber wahrscheinlich sind die Dinger tatsächlich dafür da, die Muskulatur zu lockern.« Die kinderlose Janneke konnte sich da nur auf Vermutungen verlassen.

»Komm, wir sehen da auch noch mal nach«, sagte Janneke und zeigte auf eine Glastür. »Das ist ja ein riesiger Raum«, bemerkte sie verwundert, als sie den Raum betreten hatten. In der Mitte der mehr als großzügigen Küche befand sich ein grober Holztisch. Drumherum standen Sessel, Korbstühle und gepolsterte Hocker. »Das sieht ja richtig gemütlich aus.«

»Ich würde lieber gehen«, lamentierte Insa. »Ich denke, dass es nicht richtig ist, hier herumzuschnüffeln.«

Janneke nickte. »Richtig ist das wohl nicht, aber es tut auch keinem weh. Ich brauche solche Aktionen für meine Arbeit.«

»Wieso?« Erstaunt sah Insa ihre Begleiterin an. »Bist du bei der Polizei oder so?«

»Nein, ich schreibe Krimis. Und solche Sachen bringen mich dann immer auf neue Ideen.«

»Wow, das hätte ich nicht gedacht.« Insa nickte bewundernd. »Wie heißt du denn mit Nachnamen? Vielleicht habe ich schon mal ein Buch von dir gelesen. Ich mag nämlich Krimis.«

»Hoogestraat«, grinste Janneke, »aber das wird dir nix nützen. Ich schreibe nämlich unter einem Pseudonym.«

»Und wie lautet dieser Name?«

Vorsichtig öffnete Janneke einen der Küchenschränke. Es roch nach Pfefferminz und Kamille. »Das darf ich dir nicht sagen, Vorgaben vom Verlag. Ich musste mich schriftlich verpflichten, den Namen nicht auszuplaudern.«

»Wie blöd«, äußerte sich Insa und schob einen der Korbstühle näher an den Tisch. »Die Bekanntschaft mit einer Autorin gefällt mir. Du könntest mir eventuell …«

»Psst«, unterbrach Janneke ihre Begleiterin. »Ich habe da eben etwas gehört.« Lauschend legte sie den Kopf ein wenig schief. Insa kniff die Augen zusammen und zitterte.

Tatsächlich wurden im Flur Stimmen laut. Die einzelnen Worte konnte keine der beiden Frauen verstehen, aber es wurde heftig diskutiert.

»Jetzt haben sie uns erwischt«, flüsterte Insa und knetete ihre Hände. »Auweia, das gibt bestimmt Ärger.«

»Komm mit«, flüsterte Janneke und zog Insa zur Hintertür, die von der Küche direkt in den Garten führte.

»Wo willst du denn hin?«, protestierte Insa. »Im Garten sitzen wir in der Falle.«

»Nein, lauf mir einfach nach«, befahl Janneke und setzte sich in Bewegung. Im Schutz der Hauswand und einiger Büsche erreichten sie eine Gartenpforte am Ende des Grundstücks, welche direkt auf einen Feldweg führte. Langsam öffnete Janneke das Tor und schlüpfte, gefolgt von Insa, hinaus. Möglichst unauffällig eilten die beiden davon, gerade langsam genug, dass es nicht auffiel.

»So, ist nichts passiert«, tröstete Janneke die aufgewühlte Insa, als sie in einiger Entfernung hinter einer Hecke stehen geblieben waren. »Wir warten hier so lange, bis die Luft rein ist, und dann holen wir unsere Räder. Zum Glück hat uns niemand erwischt.«

»Gott sei Dank«, freute sich Insa. »Stell dir mal vor, wir hätten Rede und Antwort stehen müssen.« Jetzt grinste sie. »Mit dir wird es sicherlich nie langweilig.«

»Trotzdem ist es Mist.«

»Wieso?«

»Wir hatten keine Gelegenheit, das Obergeschoss zu inspizieren.«

»Ich glaube nicht, dass wir da etwas verpasst haben«, versuchte Insa, Janneke zu trösten.

»Wenn du dich da mal nicht täuschst.«

Sehnsüchtig blickte Janneke auf die beiden Dachfenster im Dachgeschoss des Hauses von Motje Baumann.

8. Kapitel

Nachlässig lehnte Herman sein Fahrrad an die Hauswand und schloss die Haustür auf. »Beate?«, rief er und stand abwartend im Flur.

»Hier oben«, rief seine Frau.

Eilig lief der Postbote die steile Treppe nach oben. Beate stand im Bad und bestückte gerade ihren Kulturbeutel mit ihren Kosmetikartikeln.

»Was machst du da?« Er riss sich die Mütze vom Kopf und steckte sie in die Tasche seines Anoraks. »Wieso packst du deine Sachen ein?«

»Ich fahre zu Veronika.«

»Was willst du denn bei deiner Schwester?«

»Ich brauche Abstand.«

Unschlüssig lehnte Herman am Türrahmen und beobachtete seine Frau, die jetzt ein paar Wäschestücke vom Wäscheständer nahm und sie nachlässig in ihre Reisetasche stopfte.

»Ist es wegen der Hebamme?«

Beate schüttelte den Kopf. »Du weißt ja, dass ich seit damals … Ich muss immer daran denken. Wenn ich die Straßen entlanggehe oder auf dem Deich sitze …« Sie machte eine ausladende Bewegung. »Alles hier erinnert mich daran, was wir verloren haben.«

Herman seufzte und ihm wurde bewusst, dass seine Frau niemals den Verlust des Kindes überwinden würde. »Wo warst du denn vor drei Tagen morgens? Du hattest doch frei?«

Verdutzt sah Beate ihren Mann an. »Was meinst du?«

»Ich meine den Tag, als ich Motje Baumann tot aufgefunden habe«, sagte er jetzt direkt.

»Und warum willst du wissen, wo ich an diesem Tag war?«

»Ich weiß auch nicht«, stammelte Herman. »Für einen Moment dachte ich, du hättest vielleicht …«

»Du spinnst doch«, schrie Beate und zog heftig den Reißverschluss an ihrer Tasche zu. »Du glaubst, dass ich für den Tod der Hebamme verantwortlich bin? Dass ich sie aus

Rache getötet habe, weil sie damals nicht richtig aufgepasst hat?« Ihre Stimme bebte.

Herman ging zwei Schritte auf sie zu. »Nein, das habe ich doch nicht gemeint«, versuchte er, sie zu beschwichtigen. »Ich weiß auch nicht, wieso ich auf diesen Gedanken gekommen bin. Vielleicht ist es deshalb, weil ich mitbekomme, dass du dich nicht damit abfinden kannst, was damals passiert ist.«

Kopfschüttelnd verließ Beate das Bad. Im Flur ließ sie die Tasche fallen. »Nein, ich finde mich auch nicht damit ab. Und ich kann dir versprechen, dass ich es niemals vergessen werde.« Sie ging in das kleine Gästezimmer und nahm aus einer Kommode einen dicken Schal. »Ich bin froh, dass sie tot ist. Das ist die gerechte Strafe für ihren Leichtsinn.«

Ohne ihn noch einmal anzusehen, schleppte sie ihre Tasche nach unten und verließ das Haus.

Herman ließ sich auf der obersten Treppenstufe nieder. Er schlug beide Hände vor sein Gesicht und betete stumm, dass Beate nicht doch irgendeine Dummheit gemacht hatte.

***

Mit zitternden Händen schloss Insa Vaartmann die Tür zu ihrem Elternhaus auf. »Komm, wir gehen nach oben«, sagte sie zu Janneke, die ihr über die breite Treppe nach oben folgte.

»Hatte jemand von euch Geburtstag?«, wollte Janneke wissen.

»Wieso?«

»Der geschmückte Türbogen an eurer Haustür.«

Insa sah sich um. »Stimmt, den haben die Nachbarn gemacht. Mama ist vor Kurzem siebzig geworden.« Sie lief weiter nach oben. »Du weißt ja, wie das ist, eben die alten Traditionen. Ich glaube, die jüngeren Leute stehen da nicht mehr so drauf.« Sie öffnete ihre Zimmertür. »Komm rein. Ich muss mich erst mal beruhigen nach dem Schreck. Ich dachte, jetzt kriegen sie uns an den Hammelbeinen.«

»Es ist doch nichts passiert.«

»Du hast gut reden«, stöhnte Insa. »Wahrscheinlich hast du schon öfter solche Aktionen veranstaltet, aber ich … egal, es ist ja noch mal gut gegangen. Ich zeige dir ein paar Sachen. Die meisten habe ich schon vor Jahren genäht.« Insa warf Mütze und Schal auf ihr Sofa und nahm ein Kleid hoch, das über der Sofalehne lag. »Das habe ich gestern fertig gemacht. Toll, nicht?«

Janneke zog ebenfalls ihre Jacke aus, die Mütze steckte sie in die Jackentasche.

»Das sieht wirklich gut aus«, bewunderte sie die Nähkünste der jungen Frau. »Ein ziemlich komplizierter Schnitt, oder?«

Insa schüttelte den Kopf. »Wenn man weiß, in welcher Reihenfolge man das Ganze zusammennähen muss, ist es nicht so kompliziert.« Sie ließ sich auf das Sofa fallen. »Ich bin immer noch fassungslos«, stöhnte sie. »Was wäre passiert, wenn uns jemand in Motjes Haus erwischt hätte?«

»Das Einzige, was wir gemacht haben: Wir sind ohne Einladung ins Haus gegangen«, grinste Janneke. »Die Tür war nicht abgeschlossen und das Siegel bereits entfernt.«

»Da war die Polizei aber leichtsinnig. Die hätten doch wenigstens abschließen müssen.«

»Wahrscheinlich ist das in all dem Gewusel passiert«, meinte Janneke. »Bei so einer Hausdurchsuchung geht es manchmal hoch her. Überall sind Leute, gucken in alle Schränke und kehren das Unterste zuoberst. Und in der Hektik wurde sicher vergessen, die Haustür wieder abzuschließen. Da kann das schon mal passieren. Aber das Siegel hat jemand aufgebrochen, der genauso neugierig war wie wir.«

»Und wer könnte das gewesen sein?«

»Auf jeden Fall jemand, der dort etwas gesucht hat«, vermutete Janneke. »Ich glaube nicht, dass jemand ein Polizeisiegel aufbricht, nur weil er sich die Inneneinrichtung eines Geburtshauses ansehen will.«

Insa sprang wieder auf. »Zum Glück konnten wir ja noch abhauen«, schmunzelte sie. »Ich habe schon lange nicht mehr so etwas Aufregendes erlebt.« Sie ging zur Tür. »Komm, wir gehen nach unten, ich mache uns einen Tee.«

»Eine sehr gute Idee«, meinte Janneke, »den kann ich gut gebrauchen.«

Insa brühte eine Kanne Tee auf, deckte den Tisch und holte aus dem Kühlschrank eine kleine Platte mit Sahneschnittchen. »Die hat meine Mutter gestern von einer Geburtstagsfeier mitgebracht. Die Freundin, bei der sie eingeladen war, hat immer einen Vorrat an Kuchen, als käme eine ganze Kompanie zum Kaffeekränzchen.«

»Und das ist jetzt unser Vorteil.«

Die beiden jungen Frauen hatten sich gerade Tee eingeschenkt, als Hilde Vaartmann die Küche betrat. »Du hast Besuch?« Sie reichte Janneke die Hand. »Sie sind sicher der Besuch von Tante Wilma?«

»Ja, stimmt«, bestätigte Janneke. »Ich habe mit Insa eine Radtour gemacht.«

»Dann seid ihr sicher ganz verfroren.« Hilde setzte sich zu den jungen Frauen an den Tisch und goss sich ebenfalls Tee ein. »Wilma hat mir gestern erzählt, dass Sie Schriftstellerin sind?«

Janneke nickte. »Ich mache auch noch viele andere Sachen.«

»Was denn?«, wollte Insa wissen.

»Zum Beispiel erstelle ich Webseiten und Flyer für Unternehmen oder schreibe auch Kritiken für eine Zeitung.«

»Das ist ja ganz schön vielseitig«, meinte Insas Mutter und sah ihre Tochter an. »Ist Vera noch nicht zurück?«

Insa schüttelte den Kopf. »Soviel ich weiß, noch nicht. Aber Rika müsste gleich …«

Aufs Stichwort betrat Rika van Gerpen die Küche. »Da komme ich ja passend«, sagte sie und setzte sich neben ihre Nichte.

Nachdem auch sie Janneke nach ihrem Beruf gefragt und ausschweifend von der stets gut gelaunten Tante Wilma geschwärmt hatte, kam sie zu dem Thema, das alle Menschen im näheren Umkreis beschäftigte. »Habt ihr schon was Neues gehört? Ich habe Herman vorhin getroffen, aber er war sehr unhöflich und hat meine Fragen gar nicht beantwortet.«

»Vielleicht steht er noch unter Schock«, vermutete Insa. »Also ich wäre total fertig, wenn ich eine Leiche finden würde. Sieht man eigentlich sofort, ob jemand tot ist?«

»Nicht immer«, sagte Janneke. »Es gibt auch Fälle, da sieht der Verstorbene tatsächlich aus, als würde er nur schlafen.«

»Das war doch bei unserer Mutter genauso«, erinnerte Rika ihre Schwester. »Sie hat so friedlich ausgesehen.«

Hilde zuckte nur mit den Schultern und schob ein Stück Torte auf ihren Teller.

»Tante Wilma hat erzählt, dass die Ehefrau von dem Postboten … wie hieß er noch?«, lenkte Janneke das Gespräch wieder auf die tote Frau auf dem Deich. Alles, was damit zusammenhängen könnte, interessierte sie brennend. »Ich meine den, der die Leiche gefunden hat.«

»Herman«, half Hilde aus.

»Ja, den meine ich«, nickte Janneke. »Dessen Frau hat doch im Geburtshaus bei Motje Baumann entbunden, aber das Kind hat nicht überlebt. Tante Wilma glaubt, sich zu erinnern, dass sich die Hebamme deshalb vor Gericht verantworten musste.«

»Das war eine schlimme Sache damals«, erzählte Rika. »Du kannst dich doch auch noch gut daran erinnern, Hilde?«

Diese nickte. »Das muss ungefähr zehn Jahre her sein. Beate hatte eine ganz normale Schwangerschaft, ihr war nur dauernd übel, aber das kommt ja häufig vor. Sie träumte davon, ihr Kind auf ganz natürliche Weise zur Welt zu bringen.«

Insa sah irritiert in die Runde. »Entbindet man im Krankenhaus unnatürlich? Mama, du müsstest das doch wissen. Schließlich hast du zwei Kinder bekommen.«

»In einer Klinik wird eben anders gearbeitet. Man bekommt Schmerzmittel. In einem Geburtshaus, so habe ich das jedenfalls gehört, machen die Frauen Entspannungsübungen und sowas. Genau weiß ich das nicht.«

»Wie war das denn mit Beate?«, fragte Insa nach.

»Sie wollte unbedingt bei Motje Baumann im Geburtshaus entbinden«, erzählte Hilde weiter, »obwohl die Ärzte ihr davon abgeraten haben. Herman hat mit Engelszungen auf sie eingeredet, aber sie hat sich nicht davon abbringen lassen.« Sie seufzte. »Ja, und dann ist es passiert. Das Kind ist während der Geburt verstorben.«

Rika überlegte kurz. »Da gab es doch tatsächlich einen Prozess. Aber wie der ausging, weiß ich nicht.«

»Ich weiß nur, dass ab diesem Zeitpunkt keine Entbindungen mehr dort stattgefunden haben.«

Janneke nahm sich vor, später in den Archiven der örtlichen Zeitung nach weiteren Informationen zu suchen.

***

Nachdem Janneke wieder nach Hause gegangen war, räumte Insa das Teegeschirr in die Spülmaschine und wischte den Tisch ab. Ihre Mutter und Tante Rika hatten sich in ihre Zimmer zurückgezogen. Es war ungewöhnlich still in dem großen Haus. Sie setzte sich auf die kleine Bank vor dem Fenster und sah sich in der Küche um. Alles war zweckmäßig, ohne viel Schnickschnack eingerichtet. Das Gleiche galt für das gesamte Haus Vaartmann. Der große Hausflur, gefliest mit eisgrauen Kacheln, erinnerte eher an ein Kühlhaus, aber nicht an ein gemütliches Heim. Insa hatte ihren Vater ja nie bewusst kennengelernt, aber wenn sie den Erzählungen Tante Rikas glauben konnte, war er pedantisch und sehr auf Schlichtheit und Ordnung bedacht gewesen.

Insas Gedanken wanderten weiter zu der unglücklichen Ehefrau des Postboten Herman. War es möglich, den Verlust eines Kindes überhaupt jemals zu verkraften? Sie selbst wünschte sich auf jeden Fall Kinder, vorausgesetzt, ihr begegnete eines Tages der richtige Mann für die Gründung einer Familie.

Vor ein paar Monaten hatte sie Vera mal gefragt, ob sie nie den Wunsch hatte, Mutter zu werden.

Vera hatte sie erstaunt angesehen. »Der Zug ist bei mir schon lange abgefahren, schließlich bin ich Mitte vierzig.«

»Aber hattest du früher nie den Wunsch, ein Kind zu bekommen? Ich meine, als du noch verheiratet warst?«

»Den Wunsch hatte ich schon, aber mein Ex war definitiv nicht der Richtige dafür«, erläuterte Vera. »Aber das war nicht der Hauptgrund.«

Insa, jetzt neugierig geworden, hakte nach. »Was hat dich denn noch davon abgehalten?«

»Das klingt jetzt vielleicht ein bisschen biestig, aber ich hatte nicht das beste Vorbild. Unsere Mutter war immer schon … wie soll ich sagen, was Gefühle anging, war sie mehr als zurückhaltend.«

»Und das war für dich ein Grund, auf ein Kind zu verzichten?«

Insa konnte sich noch gut an den traurigen Gesichtsausdruck ihrer Schwester erinnern, als sie antwortete: »Ich befürchte, ich hätte es nicht gut genug machen können mit einem eigenen Kind. Vielleicht bin ich unserer Mutter ähnlicher, als ich wahrhaben will, und das wollte ich einem Kind nicht zumuten. Ich denke, ich habe mich richtig entschieden.«

Vera hatte daraufhin das Zimmer eilig verlassen und eine ratlose Insa zurückgelassen.

***

Hinrich kniete am Gartentor und versuchte, mithilfe einer kleinen medizinischen Spritze samt spitzer Nadel das Öl in die Zwischenräume des Schlosses und der Scharniere zu bringen.

»Was machst du denn da?«, wunderte sich Janneke, als sie aus dem Nebenhaus wieder zum Haus von Tante Wilma kam.

»Das siehst du doch«, nuschelte Hinrich, kniff die Augen zusammen und schob die Injektionsnadel zwischen zwei Metallteile der Gartentür. »Ich befördere das Öl genau dahin, wo es hingehört.«

»Da gibt es doch so kleine Fläschchen mit so einem kleinen Röhrchen aus Plastik dran?«, wunderte sich seine Nichte. »Das sieht ja aus, als würdest du einen operativen Eingriff vornehmen.«

»Mein Kind«, dozierte der Rentner, »auch wenn es kein lebender Mensch ist, so ist doch außerordentliches Fingerspitzengefühl hierbei notwendig. Kapiert?«

Sie sah ihn erstaunt an, bemerkte dann aber, dass sich Hinrich bemühte, sein Lachen zu verbergen. »Du willst mich nur veräppeln.«

Hinrich grinste. »Geschieht dir recht. Du nimmst alles immer zu ernst.«

»Wo ist Tante Wilma?«

Hinrich zeigte zum rückwärtigen Garten. »Ich glaube, sie klönt mit einer Nachbarin.«

»Ich geh mal nach oben«, meinte Janneke. »Du hast dir dein ganzes Hemd versaut.« Sie zeigte auf zwei große Ölflecken auf Hinrichs Hemd.

»Schiete«, meckerte Hinrich. »Egal, ich wollte das Hemd sowieso wegwerfen.«

Die junge Frau schüttelte den Kopf, ging nach oben in ihr Dachzimmer und startete ihren Laptop. Sie war dankbar, dass Tante Wilma so fortschrittlich war und über einen Internetanschluss verfügte.

In den Archiven der örtlichen Zeitung suchte sie vergebens nach einem Bericht über den Prozess gegen Motje Baumann. Es dauerte eine geraume Weile, bis sie einen Artikel im Archiv einer Hebammenfachzeitschrift über den damaligen Vorfall in Motje Baumanns Geburtshaus in Carolinensiel gefunden hatte. Es hieß dort, dass die Geburtshelferin aus dem Landkreis Wittmund wegen Körperverletzung, fahrlässiger Tötung und Verstoß gegen die Berufsgesetze des Gesundheitswesens zu zwei Jahren Haft und zum Entzug ihrer Arbeitszulassung verurteilt worden war.

Janneke lehnte sich zurück. Also deshalb hatte sie ihr Unternehmen geschlossen. Aber wieso hatte die Hebamme im Geburtshaus alles so gelassen, wie es war? Vielleicht hatte Motje Baumann trotz des Gerichtsurteils die Hoffnung gehabt, ihren Beruf dort wieder ausüben zu können. Tante Wilma hatte erzählt, dass sich die ehemalige Hebamme in den letzten Jahren mit Gelegenheitsjobs über Wasser gehalten hatte. Die wenigen Ersparnisse aus dem Erbe ihrer Eltern wären schnell weg gewesen.

Die junge Frau klappte den Laptop zu, legte sich aufs Bett und verschränkte ihre Hände hinter dem Kopf. Mit geschlossenen Augen versuchte Janneke, ihre bisherigen Erkenntnisse zu diesem Fall in eine geordnete Reihenfolge zu bringen.

Nach allem, was sie bis jetzt über das Opfer gehört hatte, war Frau Baumann kein sehr umgänglicher Mensch gewesen und gerne mal mit ihren Mitmenschen in die Haare geraten. Hatte sie eventuell eine dieser Personen dazu veranlasst, sie derart zu hassen, dass es in einem Mord endete? Oder Beate Arians, deren Kind die Geburt nicht überlebt hatte? War sie die Täterin?

Dann war ja noch der Wattlooper, jener ältere Mann, mit dem die Tote einst ein Verhältnis hatte. War er verheiratet? Wenn ja, wusste dessen Frau von dieser Affäre?

Es gab also ein paar Menschen, die Gründe hatten, die Frau zu erstechen.

»Janneke?«, rief Tante Wilma von unten. »Komm mal runter. Wir haben Besuch.«

Lustlos stand sie auf, schlüpfte in ihre Schuhe und ging nach unten. Zu ihrer Freude erblickte sie Justus Varel, der neben Tante Wilma am Küchentisch saß und sie freundlich anlächelte. »Ich habe dich gesehen, als du Frau Baumanns Haus verlassen hast«, begrüßte er sie. »Tante Wilmas junge Nachbarin war auch dabei.«

Erschrocken hielt Janneke sich die Hand vor den Mund und wünschte, ein Loch würde sich auftun und sie könnte darin verschwinden. Tante Wilma nickte nur vielsagend.

»Eigentlich wollte ich das gar nicht machen«, rechtfertigte sich Janneke, »aber als wir das Grundstück verlassen wollten, habe ich bemerkt, dass das Siegel aufgebrochen war. Und da die Tür nicht abgeschlossen war, sind wir eben reingegangen.«

Justus Varel, der es im Allgemeinen mit den Dienstvorschriften sehr genau nahm, brachte es in diesem Moment nicht fertig, diese junge, umtriebige Frau für ihr verbotenes Betreten des Geburtshauses zu maßregeln. Er bewunderte insgeheim ihre Leidenschaft, mit der sie sich in diese Sache hineinkniete.

Umständlich räusperte er sich. »Ja, jemand hat das Siegel aufgebrochen, um ins Haus zu gelangen«, bestätigte Justus. »Wir haben das sofort wieder in Ordnung gebracht.«

»Und wieso war die Haustür nicht abgeschlossen?«

Justus wiegte den Kopf hin und her. »Ich nehme an, dass es ein Versehen der Kollegen war, kommt schon mal vor, soll es aber nicht. Aber jetzt ist alles wieder verschlossen und versiegelt.«

Janneke grinste. »Dadurch hatte ich die Gelegenheit, einen Blick in das Haus zu werfen. Ich dachte, ich entdecke etwas Spannendes.«

»Dein Onkel hat mir schon erzählt, dass du hinter jedem Verbrechen her bist, als ob es nichts anderes gäbe.« Wilma wiegte den Kopf hin und her. »Es gibt doch für eine junge Frau schönere Dinge als tote Menschen, oder?«

»Du hast sicher recht«, pflichtete Justus ihr bei, »aber es gibt eine Menge Leute, die solche Dinge interessant finden.«

»Genauso ist es.« Dankbar sah Janneke Justus an. »Sonst würde sich ja niemand im Fernsehen einen Krimi ansehen oder ein entsprechendes Buch kaufen.«

»Mich interessiert es ja auch, was mit Motje passiert ist«, gab die alte Ostfriesin zu. »Justus, habt ihr denn schon etwas herausgefunden?«

Der Kommissar verneinte. »Wir haben das ganze Umfeld von Motje Baumann überprüft. Sie hat sich im Laufe ihres Lebens viele Feinde gemacht, aber niemand war mutmaßlich so wütend auf sie, ihr den Tod zu wünschen.«

»Was ist denn mit der Frau, die ihr Kind verloren hat?«

»Du meinst Beate Arians?«

»Ja, die meine ich.«

»Wir haben mit ihr gesprochen. Sie hat angegeben, dass sie die Hebamme verachtet hat, aber mit ihrem Tod nichts zu tun hat. Sie sei zur Tatzeit zu Hause gewesen, wofür sie keine Zeugen hat, denn Herr Arians war zur Tatzeit bereits im Dienst. Mehrere Kollegen haben uns bestätigt, dass er sich bis neun Uhr morgens im Postgebäude aufgehalten hat. Somit hat er ein wasserdichtes Alibi.«

»Seine Frau hat Frau Baumann bestimmt sehr gehasst«, vermutete Tante Wilma. »Denn wenn sich die Hebamme nicht falsch verhalten hätte, wäre sie ja auch nicht vor Gericht gelandet.«

»Kannst du dich an den Prozess erinnern?«, wollte Janneke von der Rentnerin wissen.

Diese schüttelte den Kopf. »Nicht wirklich. Es standen mehrere Artikel in der Zeitung, aber Einzelheiten weiß ich nicht mehr.«

»Sie wurde damals zu einer Bewährungsstrafe verurteilt und erhielt ein Berufsverbot«, berichtete Justus und stand auf. »Aber jetzt muss ich wieder weiter.«

Janneke fragte sich, ob die Polizei, genau wie sie, in Archiven gestöbert hatte oder auf eine Akte zurückgreifen konnte.

»Warte mal kurz.« Janneke hielt ihn am Arm fest. »Ihr habt doch das Haus von Motje Baumann durchsucht?«

Er nickte. »Ja, das haben wir, und zwar gründlich. Wir geben die Räumlichkeiten aber nicht frei, da eventuell noch ein paar Recherchen in dem Gebäude nötig sind. Der Vermieter sitzt uns schon im Nacken, er will das Haus ausräumen und neu vermieten.«

»Und ihr habt nichts gefunden? Keine Drohbriefe oder Ähnliches?«

»Nichts, was in irgendeinem Zusammenhang zu dem Mord stehen könnte.«

»Sag mal, könntest du mir eventuell kurz Bescheid geben, wenn ihr die Räume freigegeben habt, ehe der Vermieter dann alles ausräumt?«

»Um Gottes willen«, empörte sich Tante Wilma. »Was willst du denn in dem Haus der Toten?«

»Es ist so, ich habe mir vorgenommen, so eine ähnliche Geschichte zu schreiben«, log Janneke. »Da wäre es für mich hilfreich, wenn ich sehen könnte, wie diese Frau gelebt hat. Zur reinen Inspiration, die braucht man als Schriftstellerin ab und zu.«

Justus schaute skeptisch von Wilma zu Janneke, nickte aber dann. »Weil du es bist. Gib mir deine Telefonnummer, ich rufe dich an.«

Freudig reichte sie ihm ihre Karte, die sie aus ihrer Hosentasche gezogen hatte. »Versprochen?«

»Versprochen«, versicherte Kommissar Justus Varel und zwinkerte ihr zu.

9. Kapitel

Veronika Bonhuis war mehr als überrascht, als Beate mit Gepäck vor ihrer Tür stand. »Was ist denn mit dir los?«, rief sie und zog ihre verstörte Schwester ins Haus. »Hast du wieder Krach mit Herman?«

Beate ließ sich widerwillig in die Küche drängen und warf ihren Mantel achtlos auf einen der gepolsterten Küchenstühle. Veronika warf den Wasserkocher an und überbrühte in einer bauchigen Kanne Tee. Dabei dachte sie an ihre Mutter, die schon früher immer dafür plädiert hatte, erst mal einen Tee zu trinken und die ganze Sachlage von allen Seiten in Ruhe zu begutachten.

»Jetzt sag schon«, forderte Veronika Beate auf. »Du wolltest wieder mal ganz weit weglaufen, stimmt's?«

»Was soll ich denn hier? Jeder Schritt erinnert mich an den Tod von Lisa. Ich glaube, ich muss wirklich irgendwo ganz neu anfangen.«

»Es ist wegen dieser Frau?« Veronika kannte solche Szenen, wie oft war Beate schon aufgebrochen, um in der Ferne ein neues Glück zu finden. Sie selbst hatte jedes Mal versucht, ihrer Schwester zu vermitteln, dass man alles, was man in sich trägt, mitnimmt, egal, wohin man geht.

Beate zuckte nur mit den Schultern und schwieg.

»Kalle war an diesem Morgen auch am Deich, also genau genommen erst, nachdem dein Mann die Frau gefunden hatte.« Veronika wurde ernst. »Ich kann mich erinnern, dass du vor Jahren mal gesagt hast, du wünschtest dir nichts dringender, als diese Frau tot zu sehen.«

Beate wehrte ab. »Das war doch Quatsch. Denkst du etwa, dass ich …? So etwas würde ich doch nie tun, auch wenn sie schuld ist, dass mein Leben und auch das von Herman jetzt so am Boden liegt.«

»Verdenken kannst du es mir ja nicht, dass ich da einen Zusammenhang sehe, obwohl ich nie glauben würde, dass du so … so brutal sein könntest.«

Beate öffnete ihre Strickjacke und den obersten Knopf ihrer Bluse. »Ich schwitze wie verrückt.« Sie legte ihre beiden Hände flach auf den Tisch. Nervös fing sie an, mit ihrem Zeigefinger die Porzellanschale mit Kluntje hin und her zu schieben. »Aber ich kann nicht verhehlen, dass ich eine gewisse Genugtuung empfinde, dass sie jetzt niemandem mehr etwas tun kann.«

Veronika hob empört die Hände. »Also bei aller Liebe, sie mag kein einfacher Mensch gewesen sein, aber ich glaube nicht, dass sie bei deiner Entbindung mit Absicht dafür gesorgt hat, dass es euer Kind nicht überlebt. Gut, sie hat sicher leichtsinnig und unüberlegt gehandelt, aber dafür hat sie ja auch ihre Quittung bekommen.«

»Aber ich muss mit den Konsequenzen leben und nicht sie.«

»Sie muss mit nichts mehr leben, denn sie ist tot.«

Beate sah voller Hass ihre Schwester an. »Und das ist auch gut so.«

Veronika gab es auf. Sie brachte Beate eine Tasse Tee, schob die Keksdose ein wenig näher und setzte sich ebenfalls hin. Ohne Erfolg versuchte sie, das komische Gefühl, dass sich in ihr breitmachte, zu ignorieren. Sie kannte Beate nur zu gut. Diese hatte schon als Kind unter Zornesausbrüchen gelitten und einmal einem Wellensittich, nur weil er nicht auf Kommando fliegen wollte, fast ein Bein abgerissen. Ihre Schwester hatte auch im Alter von sechs Jahren einer Mitschülerin einen Zahn ausgeschlagen. Die Eltern hatten das nur mit Mühe und einer Geldspende unter dem Deckmantel des Schweigens halten können. Später hatte Beate eine Zeit lang in Berlin gelebt, bis sie wieder nach Ostfriesland zurückgekehrt war.

Herman war ein freundlicher, gutmütiger Mensch und litt seit dem Tod des Kindes unter den Temperamentsausbrüchen seiner Frau. Es hatte sich alles zum Negativen gewandelt.

Veronika betrachtete aus den Augenwinkeln ihre Schwester. War es möglich, dass Beate sich wieder einmal nicht hatte beherrschen können und für den Tod der Hebamme verantwortlich war? Ich will es gar nicht wissen, murmelte

Veronika tonlos und füllte die beiden Tassen auf dem Tisch mit Tee.

***

»Insa, du bist doch hier aufgewachsen und kennst alle Leute hier.« Janneke saß mit Insa im Puppen-Café in Carolinensiel und bearbeitete den köstlichen Windbeutel mit einem kleinen Löffel.

Auch Insa war ganz in dieser süßen Köstlichkeit versunken. »Was hast du gesagt?«

Janneke wiederholte ihren Satz und sah Insa erwartungsvoll an.

»Ach so, ja … Also jeden sicher nicht«, meinte Insa und leckte ihren Zeigefinger ab. »Es gibt auch eine Menge Zugezogene, aber im Großen und Ganzen habe ich alles im Blick.« Sie schob sich einen weiteren gut gefüllten Löffel Sahne in den Mund.

»Dann kennst du doch sicher auch den Mann, den hier alle den Wattlooper nennen?«

»Du meinst Fokko? Fokko Tapper?«

Janneke nickte. »Ja, ich glaube, so heißt er.«

»Er war mal früher Wasserbauingenieur, aber seit er im Ruhestand ist, macht er einen auf Künstler.«

»Wie meinst du das?«

Insa lachte jetzt. »Tagein, tagaus, immer wenn Ebbe ist, läuft er mit gebeugtem Kopf durchs Watt und sucht nach irgendwelchen Gegenständen, die er für seine Arbeit gebrauchen kann. Er fertigt alles Mögliche an. Skulpturen, kleine Holzfiguren. Manche sind ganz hübsch, aber ich glaube nicht, dass er viel davon verkauft.«

»Vielleicht ist das ja nicht sein Hauptanliegen«, meinte Janneke. »Es kann ja sein, dass ihm die Suche nach dem Holz im Watt am meisten Spaß macht.«

»Das denke ich auch, denn sonst würde er ja nicht bei Wind und Wetter ins Watt gehen.«

»Ist er verheiratet?«

»Ja, mit Christa, aber die hat ihn gestern verlassen«, erzählte Insa weiter.

Erstaunt hob Janneke die Augenbrauen. »Du bist aber tatsächlich gut informiert.«

»Das ist kein Hexenwerk. Christa ist nämlich zu meinem ehemaligen Arbeitskollegen gezogen«, schmunzelte die junge Frau. »Wilko war jahrelang bei uns im Hotel an der Rezeption tätig und ist ein wirklich netter Mensch. Auch nach seinem Ruhestand sind wir in Kontakt geblieben. Er lädt mich zu seinem Geburtstag ein oder trifft sich mit mir zum Essen und wir quatschen dann über alte Zeiten.«

»Und zu ihm ist Christa Tapper gezogen?«

»Ja, ich weiß das auch erst seit gestern. Wilko hat mich gestern Abend angerufen und mir von der Neuigkeit berichtet. Ich glaube, er war ein bisschen unsicher, ob das richtig ist, dass Christa jetzt bei ihm leben will.« Insa stach wieder in den Windbeutel, brach ein Stück von dem Brandteig ab und schob es sich in den Mund.

»Schon vor Monaten hat er mir erzählt«, fuhr sie fort, »dass er jemand kennengelernt habe, eine lebensfrohe Frau, die genauso wie er gerne unter Menschen geht und Feste feiert. Er war natürlich betrübt, dass sie sich immer nur heimlich treffen konnten, da die Frau verheiratet sei.«

»Das heißt, dass Frau Tapper schon länger mit ihm zusammen ist?«

»Ja«, nickte Insa, »er hat gesagt, dass sie sich die ganze Zeit nicht sicher war, ob sie ihren Mann verlassen soll, obwohl die beiden nur noch nebeneinanderher lebten.«

»Und hat er dir erzählt, wieso sie gerade jetzt zu dem Entschluss gekommen ist?«

»Wenn du mich fragst, weiß ich das nicht genau. Wilko hat nur so Andeutungen gemacht, dass ihre Entscheidung etwas mit dem Mordfall an der Hebamme zu tun hat.«

Nachdenklich rührte Janneke in dem Rest Sahne herum, der noch auf ihrem Teller war. »Vielleicht denkt sie, dass ihr Mann etwas mit dem Tod der Frau zu tun hat?«

»Das kann gut sein, dass sie das denkt. Es heißt ja, dass er mit der Hebamme mal ein längeres Verhältnis gehabt haben soll«, sagte Insa. »Aber du weißt ja, wie das ist: Jeder weiß ein bisschen was, manche wissen alles und keiner weiß etwas Genaues.«

Janneke sah auf die Uhr. »Wir sollten langsam zurückfahren, es sieht nach Regen aus.«

»Das wäre jetzt sehr unpassend«, meinte Insa. »Aber mit dem Rad sind wir schnell wieder zu Hause.« Sie zückte ihren Geldbeutel. »Ich lade dich ein. Der nächste Windbeutel geht auf dich.«

Der Wind hatte zugelegt und die beiden Frauen hatten Mühe vorwärtszukommen. Am Harlesieler Deich angekommen, hielt Janneke an und stieg vom Fahrrad. »Ich gehe mal da rauf.« Sie wies zum Deich. »Vielleicht sehe ich ja den Wattlooper.«

Insa stellte ebenfalls ihr Rad ab. »Das kann gut sein, es ist ablaufendes Wasser.«

Durch das nasse Dünengras liefen die beiden zur Deichkrone. Die Nordsee hatte sich schon sehr weit zurückgezogen und das Watt freigegeben.

»Siehst du?« Insa zeigte mit der Hand auf eine Gestalt, die mit gesenktem Kopf durch den wellenförmigen Schlick lief.

»Ist das Fokko Tapper?«

»Ja, bestimmt. Siehst du den grauen Rucksack? Den hat er immer um. Das Gesicht kann man zwar nicht sehen, aber wer sollte das sonst sein?«

Der Mann sah hoch und blickte zum Deich. Janneke meinte, ein leichtes Kopfschütteln zu vernehmen, so als ob er es als ungehörig empfinden würde, dass jemand aufs Watt hinausschaut. Vielleicht fühlte er sich beobachtet?

»Zu gerne würde ich mich mit ihm unterhalten«, wünschte sich Janneke. »Er könnte uns sicher eine Menge über Motje Baumann erzählen.«

Insa schüttelte den Kopf. »Vergiss es. Von dem wirst du nichts erfahren, er ist der geborene Einzelgänger.«

Enttäuscht sah Janneke dem Mann hinterher, der immer weiter ins Watt hinauslief.

10. Kapitel

Jetzt, da sie nicht mehr da war, vermisste Fokko Christa doch sehr, obwohl er sie oft ignoriert oder aber schlichtweg nicht wahrgenommen hatte. Trotz aller zwischenmenschlichen Kälte, die zwischen ihnen herrschte, war sie doch immer bemüht gewesen, ausreichend für sein leibliches Wohl zu sorgen. Die vergangene Nacht hatte er im Wohnzimmer im Sessel sitzend verbracht. Mit einem steifen Nacken war er nach einem kurzen Schlaf erwacht und fühlte sich seitdem zum Kotzen.

Er braute sich einen starken Tee und rasierte sich sorgfältig. Mit zwiespältigen Gefühlen betrachtete er sein Spiegelbild. Seine Haut war trocken, die Tränensäcke hatten sich tief in seine Wangen vorgewagt, das Haar war grau und leblos. Es war schon eine schöne Scheiße, wenn man alt wurde, haderte Fokko mit seiner jetzigen Situation. Er war alleine, niemand war im Haus, der einem nur durch seine Anwesenheit das Gefühl gab, nicht so einsam zu sein.

Den flüchtigen Gedanken, er könne sich ja einen Hund anschaffen, verwarf er sofort wieder. Mit so einem Tier ins Watt? Nein, das ginge überhaupt nicht. Seine Pfoten würden die naturgemäße Ordnung der Wellen im Schlick zerstören. Es war schon schlimm genug, dass er gezwungen war, auf seinen Füßen durch die ebenmäßigen Rillen zu laufen.

Den Vormittag verbrachte er in seiner Werkstatt und fertigte eine Skulptur aus einem ausgelaugten Stück Holz, welches er im letzten Jahr gefunden hatte.

Nach einem kargen Mittagessen, bestehend aus einem Fischfilet aus der Dose und einem trockenen Brötchen, machte er sich auf den Weg zum Deich. Es würde zwar bald dunkel werden, aber nach seiner Einschätzung hatte er noch gute zwei Stunden bei Tageslicht für seine Suche. Leichter Nebel zog auf. Fokko beschloss, sich sicherheitshalber nicht zu weit hinauszuwagen.

Er genoss die Ruhe, atmete tief durch und blickte sich um. Zwei Frauen standen am Deich und sahen zu ihm herüber. Ihre Gesichter konnte er aus der Entfernung nicht erkennen, erahnte aber anhand der Körperhaltung, dass es sich um jüngere Frauen handeln musste. Fokko ärgerte sich, dass die zwei Weiber zu ihm hinübersahen. Er fühlte sich beobachtet.

Noch vor ein paar Jahren wäre er erfreut gewesen, weiblichen Wesen zu begegnen, aber spätestens nach der Sache mit Motje war in dieser Beziehung definitiv Ende Gelände.

Er drehte den beiden Frauen demonstrativ den Rücken zu und stapfte weiter.

***

»Hier müsste es sein«, murmelte Insa Vaartmann und sah aus dem Autofenster. »Ja, da vorne, das Haus mit dem Leuchtturm im Vorgarten.«

Janneke ließ ihren Citroën noch ein paar Meter weiterrollen, hielt an und zog den Zündschlüssel heraus. »Ich finde es ja wirklich nett von deinem ehemaligen Arbeitskollegen, dass er mich mit eingeladen hat.«

»Ich habe einfach gefragt, ob ich eine Freundin mitbringen kann. Wilko hat sofort zugestimmt.«

»Die Einladung zum Geburtstag kam aber ziemlich kurzfristig«, wunderte sich Janneke.

»Stimmt, sonst sagt er nie so kurzfristig Bescheid. Eigentlich wollte er dieses Jahr seinen Geburtstag überhaupt nicht feiern. Er meinte, dass das doch alles ein bisschen viel ist. Und seine Lebensgefährtin wäre auch ziemlich durcheinander.«

»Du kennst Frau Tapper auch nicht persönlich?«

»Ich weiß nicht genau«, sagte Insa. »Wahrscheinlich ist sie mir schon mal begegnet, aber ich kann jetzt kein Gesicht mit ihrem Namen verbinden.« Sie löste den Gurt. »Komm, lass uns reingehen. Wilko wird sich über unseren Besuch freuen.«

Ein grauhaariger, schlanker Mann um die siebzig öffnete die Tür und umarmte Insa stürmisch. »Moin Insa, ich bin so froh, dass du Zeit hattest. Ich wollte ja eigentlich nicht, aber … und das ist deine Freundin?« Er reichte Janneke die Hand. »Ich freue mich. Ich bin Wilko Schmidt.«

»Ja, das ist Janneke Hoogestraat aus der Nähe von Leer«, stellte Insa ihre Begleiterin vor.

Janneke nahm die ausgestreckte Hand des Gastgebers. »Moin. Danke, dass ich mitkommen durfte.«

»Herzlich gerne«, lächelte Wilko. »Kommt bitte rein.«

Die beiden jungen Frauen folgten dem Hausherrn in ein großzügiges Wohnzimmer, in dem ein Kamin wohlige Wärme verbreitete.

Er winkte einer Frau in seinem Alter zu. »Kommst du mal bitte? Ich möchte dir eine liebe Freundin von mir vorstellen.«

Zögernd kam die Frau näher und lächelte verhalten.

»Das ist Insa Vaartmann, wir haben zusammen im Hotel gearbeitet. Und das ist eine Freundin von Insa.« Er sah Janneke an. »Jetzt habe ich doch glatt Ihren Namen vergessen.«

»Janneke Hoogestraat, ich bin zu Besuch bei meiner Tante.«

»Nett, dass Sie mitkommen konnten. Und das ist Christa«, stellte Wilko Schmidt die Frau an seiner Seite vor. »Ich weiß nicht, ob ihr euch kennt?« Er wirkte ein wenig unsicher.

Insa und Frau Tapper sahen sich an. »Doch, Ihr Gesicht kommt mir bekannt vor«, sagte Christa, nachdem sie Insa betrachtet hatte. »Sind Sie nicht die Tochter von Hilde Vaartmann? Auf jeden Fall tragen Sie den gleichen Nachnamen.«

Insa nickte erfreut. »Ja, das ist meine Mutter.«

»Das ist aber ein Zufall. Ich kenne Hilde noch von früher. Wir waren einige Zeit in einer Klasse und später auch im Sportverein.« Christa Tapper entspannte sich. »Kommen Sie, ich möchte Ihnen etwas zu trinken anbieten.«

»Ja, das wäre nett von dir«, meinte Wilko. »Ich muss noch einige Gäste begrüßen. Kümmerst du dich bitte um die beiden Hübschen«, grinste er, gar nicht mehr verunsichert.

Die beiden jungen Frauen folgten Christa in einen geräumigen Wintergarten, in dem ein großes Buffet aufgebaut war. Mehrere Stühle und Sessel waren jeweils zu kleinen

Sitzgruppen angeordnet. Überall verteilt standen Gäste mit Gläsern in der Hand und unterhielten sich leise.

Christa zeigte auf eine Batterie von Flaschen mit verschiedenen Säften. »Möchten Sie lieber etwas ohne Alkohol oder ein Glas Sekt?«

Insa zeigte auf eine Flasche Apfelsaft. »Das wäre etwas für mich.«

»Für mich auch lieber Saft«, antwortete Janneke. Sie bemerkte, wie Christas Hand zitterte, als sie zwei Gläser füllte.

»Kommen Sie, ich mache das«, sagte Insa und nahm ihr die Flasche aus der Hand.

»Sie sollten sich setzen.« Vorsichtig nahm Janneke die immer noch zitternde Frau am Arm und geleitete sie zu einem Rattansofa, welches etwas abseits in der Ecke des großzügigen Raumes stand. »Atmen Sie erst einmal tief durch.« Sie nahm neben der Frau Platz.

Insa reichte Christa ein Glas Orangensaft. »Bitte trinken Sie das, dann kommt Ihr Kreislauf wieder in Schwung.«

Gierig leerte Frau Tapper das Glas. »Sie müssen entschuldigen, aber in den letzten Tagen ist viel passiert und in meinem Alter steckt man das nicht mehr so leicht weg.«

»Das macht doch nichts«, tröstete Insa die Frau und lächelte sie aufmunternd an.

Das war sicher ein großer Schritt für die Frau, überlegte Janneke, den Ehemann zu verlassen und schon einige Tage später die perfekte Gastgeberin spielen zu müssen. »Geht es wieder besser?«

Christa nickte. »Das ist mir schon ein wenig peinlich. Ich habe nämlich …« Sie hielt inne und biss sich auf die Lippen. »Ach, was soll's, mit irgendjemand muss ich ja mal reden. Meine Freundinnen … Na ja, die wissen immer alles besser.«

Janneke konnte sich schon denken, was Christa Tapper auf dem Herzen hatte. »Was ist denn passiert?«

Mit einem tiefen Seufzer richtete sich Christa auf. »Ich habe vor drei Tagen meinen Mann verlassen und bin direkt zu Wilko gezogen.« Sie blickte Insa an. »Sie kennen Wilko ja, er ist eine Seele von Mensch. Ich hätte das schon lange tun müssen, aber ich habe immer gedacht, ich dürfte das nicht tun. Wenn man so lange verheiratet ist wie ich, überlegt man sich diesen Schritt zweimal.«

»So etwas tut man ja nicht leichtfertig«, stimmte Janneke der Frau zu. »Das ist ja schon ein enormer Einschnitt im Leben.«

»Wenn ich da an meine Mutter denke«, philosophierte Insa. »Sie legt ja noch heute größten Wert auf einen untadeligen Lebenswandel. Ihr ist enorm wichtig, was die Leute sagen.«

Christa lachte jetzt. »Das ist mir wirklich egal. Einige meiner Freundinnen wussten von meiner Beziehung zu Wilko und haben mir hin und wieder Vorhaltungen gemacht. Aber das hat meine Entscheidung nicht beeinflusst. Es war auch nicht einfach mit meinem Mann.«

Janneke dachte an ihre eigene gescheiterte Ehe. »Das kommt mir alles so bekannt vor. Man denkt über alles nach und kann sich nicht entschließen. Und dann eines Tages passiert etwas und es ist auf einmal ganz klar, was zu tun ist.«

Christa nickte. »So war das bei mir auch. Sie haben ja sicher von der toten Frau auf dem Deich gehört?«

Beide Frauen nickten.

»Sehen Sie, das war für mich ein Zeichen. Denn mit genau dieser Frau hatte mein Mann jahrelang ein Verhältnis. Niemand hat offen darüber gesprochen, aber viele wussten davon.«

»Und Sie wussten es auch?«, wollte Janneke wissen.

Frau Tapper nickte. »Motje Baumann ist sogar ein paarmal bei uns zu Hause aufgekreuzt. Ich war freundlich distanziert zu ihr. Was hätte ich sagen sollen?«

»Haben Sie denn mit Frau Baumann einmal über Ihren Mann gesprochen?«

Christa schüttelte den Kopf. »Nein, nie. Ich bin ihr nur hin und wieder begegnet, als sie zu Fokko wollte. Ich habe sie dann einfach in die Werkstatt geschickt.«

»Wie hat sie denn auf Sie gewirkt?« Jannekes Neugier wuchs. »War sie schüchtern oder eher forsch?«

»Nein, eigentlich keines von beiden. Sie war etwas sonderbar gekleidet, jedenfalls für meinen Geschmack, aber ansonsten …

total unauffällig. Das Einzige, was ich von ihr wusste, war, dass sie eine ausgebildete Hebamme war und in einem Haus in Carolinensiel wohnte. Außerhalb unseres Grundstücks bin ich ihr nie begegnet.« Frau Tapper sah die beiden jungen Frauen an. »Wenn ich nicht gewusst hätte, was zwischen ihr und Fokko gelaufen war, sie hätte meine Freundin sein können.«

»Sie war Ihnen sympathisch?« Insa war perplex. »Das hört man selten, dass die Nebenbuhlerin einen sympathischen Eindruck hinterlässt.«

Christa nickte. »Sie hatte eine freundliche Art, jedenfalls mir gegenüber, obwohl ich von anderen Leuten gehört habe, dass sie sich gerne stritt. Sie wirkte wie jemand, der gerne Rezepte austauscht, Schals strickt oder kleine niedliche Plüschtiere sammelt.«

»Und was hat Ihr Mann gesagt, als sie bei Ihnen zu Hause aufgetaucht ist?«, wollte Janneke wissen.

»Nichts, ich habe mich dann zurückgezogen und er ist mit ihr in die Werkstatt gegangen. Als Fokko dann wieder ins Haus kam, hat er geschwiegen. Aber ich kannte das schon. Mein Mann war mir so fremd geworden und wir lebten wie Bruder und Schwester nebeneinanderher. Als wir jung verheiratet waren, da hatte er schon einmal mit einer blutjungen Frau, eigentlich war es noch ein Mädchen … Ich hatte das alles verdrängt, nachdem wir einmal darüber gesprochen hatten, Fokko und ich.« Sie reichte Janneke ihr leeres Glas. »Könnten Sie mir bitte noch etwas Orangensaft eingießen?«

»Aber natürlich«, sagte Janneke und füllte das Glas der Gastgeberin erneut.

»Vielen Dank«, murmelte Fokko Tappers Ehefrau. »Ich habe plötzlich wahnsinnigen Durst. Das kommt sicher von den Beruhigungstabletten, die ich heute Mittag eingenommen habe.« Behutsam stellte sie das leere Glas auf einem kleinen Beistelltisch ab. »Wo war ich stehen geblieben?«

»Sie hatten gerade erzählt, dass Frau Baumann bei Ihnen zu Hause war«, half Janneke der Frau auf die Sprünge. »Und dass Ihr Mann Ihnen fremd war.«

Nachdenklich blickte Christa zur Decke. »Sie war aber nicht die Einzige, die er begehrte. Früher … er liebte vor allem junge Mädchen, alle anderen waren ihm zu alt.«

Insa hörte mit offenem Mund zu, während Janneke auf die Sofakante rückte. »Ist Ihnen eventuell mal der Gedanke gekommen, dass Ihr Mann …«

Christa Tapper hob die Hand. »Ich weiß, was Sie sagen wollen. Aber bitte sprechen Sie es nicht aus. Glauben Sie mir, daran habe ich auch schon gedacht, auch weil Fokko an diesem Morgen, als man Motje Baumann tot aufgefunden hatte, wieder im Watt unterwegs war.«

»Aber das glauben Sie doch nicht, oder?«, entrüstete sich Insa. »Das wäre ja schrecklich.«

Hektisch wischte die Ehefrau des Wattloopers ihre Hände an ihrem Rock ab. »Auch wenn ich ganz kurz in Erwägung gezogen habe, dass er …« Sie schüttelte heftig den Kopf. »Ich glaube aber nicht, dass Fokko so weit gehen würde, nur um seine Beziehung vor mir zu verbergen. Meiner Meinung nach war er ihr längst überdrüssig geworden, sie war ihm schlichtweg zu alt.«

»Er hatte keine Ahnung, dass Sie von seiner Beziehung zu Frau Baumann wussten?« Insa war total überrascht, welche Wendung dieses Gespräch genommen hatte.

»Nein, er dachte wohl, dass er alles vor mir erfolgreich verborgen hatte. Ich habe ihm kurz vor meinem Weggehen gesagt, dass ich alles weiß von ihm und Motje. Und er war mehr als erschüttert.«

Als Christa aufsah, bemerkte sie Wilko, der in der Tür stand und sie anstarrte.

11. Kapitel

»Du hast aber wieder eine Laune heute«, schimpfte Rika van Gerpen und sah ihre Schwester grimmig an. »Jetzt lass Vera doch in Ruhe.«

»Aber dieser Kerl ist ein Scharlatan.« Hilde warf das Frauenjournal, in dem sie gerade gelesen hatte, wütend auf den Tisch. »Sie hat sich erst von ihrem Nichtsnutz von Ehemann getrennt und der hat ihr nur Schulden hinterlassen.«

Fassungslos schüttelte ihre Schwester den Kopf. »Meine Liebe, wann wirst du lernen, endlich deine Kinder loszulassen? Vera ist alt genug. Sie wird schon den richtigen Weg aus ihrer Misere finden. Ich kann mir sogar vorstellen, dass …«

»Sie kommen!« Insa hatte die Küchentür aufgerissen. »Die Nachbarn sind im Anmarsch und wollen den Bogen abmachen.«

Rika nahm das Tablett mit den kleinen Gläsern, Hilde griff die Flasche Sanddornschnaps, und sie trugen alles ins Wohnzimmer, wo sich nach und nach Nachbarn und Freunde versammelten, um das Herunternehmen des Türbogens gebührend zu feiern.

Insa kontrollierte noch einmal die Wurst und die Käseschnittchen, die appetitlich hergerichtet darauf warteten, den Gästen zu schmecken.

Unter den Gästen waren auch Tante Wilma und Hinrich Hoogestraat. Sie hatte ihren Cousin nicht überreden müssen, sie zu den Nachbarn zu begleiten, denn wo es etwas zu feiern gab, da hielt sich der Rentner gerne auf.

Insa übernahm die Rolle der Gastgeberin, sie schenkte Schnaps, Saft und Wein aus, reichte die Platten mit den Schnittchen herum. Ihre Mutter und Tante Rika saßen entspannt unter den Menschen, redeten und lachten.

»Wo ist Janneke denn?« Insa beugte sich zu Tante Wilma herunter, die gerade ein Glas Orangensaft geleert hatte.

»Keine Ahnung«, brummte Hinrich, der mit einem Teller voller Schnittchen neben Tante Wilma saß. »Heute Morgen hat sie noch an ihrem Laptop gearbeitet, aber dann ist sie wie von der Tarantel gestochen weggefahren.«

»Wir haben ihr aber einen Zettel hingelegt, dass wir hier sind, damit sie sich nicht wundert, dass niemand zu Hause ist.« Tante Wilma grinste. »Hör mal, Kind, so ein Schnäpschen würde mir jetzt schmecken.« Insa brachte ihr das Gewünschte, als sie bemerkte, dass die Tür zum Wohnzimmer geöffnet wurde.

Vera hatte die Tür nur einen Spalt geöffnet und winkte ihrer Schwester zu.

»Was ist denn?«, flüsterte Insa, als sie mit ihrer Schwester im Flur stand. »Warum kommst du denn nicht rein?«

Vera schüttelte den Kopf. »Ich will nicht, dass Mama mich sieht. Boris hat zwei Last-Minute-Tickets besorgt. Wir hauen ein paar Tage ab, deshalb will ich mir nur ein paar Sachen von oben holen.«

»Wohin denn?«

»Was?« Vera wirkte unkonzentriert.

»Wohin ihr wollt?«

»Nach Spanien. Andalusien, glaube ich.«

»Ich dachte, ihr wolltet nach Mallorca?«

»War zu teuer.« Vera fuhr sich nervös durch die Haare. »Außerdem wollte ich mit der Reise nicht noch ein paar Tage warten. Ich muss jetzt mal weg.«

Insa sah zur Decke. »Hast du wieder Krach mit Mama gehabt?«

»Ja, heute Morgen. Immer dieselbe Leier. Tue dieses, mach jenes. Der Kerl ist nichts für dich, du reitest dich wieder ins Unglück«, stöhnte Vera. »Du kennst das ja. Sie hat wohl vergessen, wie alt ich bin«, ärgerte sich Insas Schwester. »Ich hätte nicht hierher zurückkommen dürfen.«

»Was ein Quatsch«, rief Insa empört. »Wo sollte man denn sonst hin, wenn etwas schiefgeht im Leben? Natürlich zur Familie.«

»Ja, das mag stimmen, aber das gilt nicht für unsere Familie.« Eilig verschwand Vera in den ersten Stock, während Insa verdattert im Flur zurückblieb. Wenn ihre Mutter das mitbekam, dann war es mit der Gemütlichkeit vorbei. In ihrem ganzen Leben hatte sie nie verstanden, warum ihre Mutter gerade mit Vera so einen Zirkus veranstaltete.

Sie wusste aus Erzählungen von Tante Rika, dass ihr Vater sehr streng gewesen war, was die Familie betraf. Alles musste wohlgeordnet, untadelig und harmonisch verlaufen. Auf keinen Fall durften irgendwelche Ungereimtheiten nach außen dringen. Schon oft hatte sich die junge Frau gefragt, warum ihre Mutter immer noch selbst an dieser doch etwas konservativen Weltanschauung festhielt, obwohl ihr Vater schon lange nicht mehr lebte.

Vera kam leise die Treppe herunter. Sie trug nur einen kleinen Koffer bei sich.

»Ist das nicht ein bisschen wenig Gepäck?«, meinte Insa. »Wir haben November und auch in Spanien ist es Winter.«

»Ja, aber ein bisschen milder. Du kannst das nicht mit Ostfriesland vergleichen.« Sie legte ihre Hand auf die Klinke der Haustür. »Tu einfach so, als wüsstest du von nichts, dann kann sie auch nicht mit dir rumzetern.«

Insa nickte. »In Ordnung, ich stelle mich dumm.« Sie sah ihrer Schwester nach, wie diese in das Auto ihres Freundes stieg. Insa wollte gerade die Haustür wieder schließen, als Janneke angelaufen kam. »Warte, Insa.«

»Was ist denn los? Ich habe schon Tante Wilma ausgefragt, wo du bist.« Sie schloss hinter der abgehetzten Janneke die Haustür.

»Ich muss dir etwas erzählen«, sagte Janneke, bemüht, ruhig zu sprechen. »Erst heute Morgen bin ich darauf gekommen …«

***

Nachdem Janneke am vorherigen Abend mit Insa das Haus von Wilko verlassen hatte, waren die beiden Frauen fast schweigend nach Hause gefahren. »Was ist denn mit dir?« Ratlos blickte Insa zu ihrer neuen Freundin.

»Ich weiß nicht«, antwortete diese. »Das, was Frau Tapper erzählt hat, hat mich doch nachdenklich gestimmt.«

»Wieso?«

»Weil ich mir nicht vorstellen kann, dass eine Ehefrau, die bemerkt hat, dass ihr Mann eine Affäre hat, die Nervenstärke besitzt und ihren Ehemann nie darauf anspricht.«

»Ja, wenn man das so sieht, hast du recht.«

Janneke trat auf das Gaspedal. »Ich hätte das nicht gekonnt. Im Gegenteil, wahrscheinlich hätte ich ihm den Hals umgedreht.«

»Fahr doch nicht so schnell«, bat Insa und hielt sich an dem Haltegriff fest. »So ist es besser.« Insa war erleichtert, als Janneke die Geschwindigkeit reduziert hatte. »Glaubst du, sie hat die Unwahrheit gesagt?«

»Ja, wenn man das wüsste. Theoretisch wäre es doch möglich, dass sie Motje Baumann aufgelauert und sie erstochen hat. Dafür braucht es nicht viel Kraft.«

»Aber Mut«, meinte Insa und zog die Schultern hoch. »Wie schrecklich, einfach mit einem spitzen Gegenstand auf jemanden einstechen. Igitt.«

»Aber es ist sicher etwas anderes, wenn du genug Wut im Bauch hast. Dann tun Menschen auch Dinge, die sie selbst nicht für möglich gehalten haben.« Janneke verringerte die Geschwindigkeit, bog nach links ab und hielt auf der Auffahrt von Tante Wilmas Haus. »Wir sind da.«

Insa schlug den Kragen ihres Mantels hoch, nachdem sie aus dem Auto gestiegen war. »Wir sehen uns morgen. Ich bin mal gespannt, wie das alles weitergeht.« Sie lachte. »Seit du da bist, ist es wirklich nicht langweilig.«

Janneke winkte ihr zu und ging ins Haus. Leise schlich sie in ihr Zimmer und legte sich gleich ins Bett. Das war ein Ort, an dem sie mit geschlossenen Augen und ungestört alle Ereignisse noch einmal Revue passieren lassen konnte.

Christa Tapper, eine unscheinbare, leise Frau, die es mit ihrem Ehemann nicht so gut getroffen hatte. Konnte es sein, dass sie allen Menschen etwas vorspielte und in Wahrheit das Verbrechen minutiös geplant hatte? Womöglich hatte sie mit Motje Baumann Kontakt aufgenommen, sich mit ihr zu einem Gespräch verabredet und ihr dann die tödliche Verletzung zugefügt. Nach Jannekes Ansicht konnte aber nicht der Wunsch, ihren Ehemann wieder für sich alleine zu haben, das Motiv sein, denn schon kurz danach war sie zu ihrem Geliebten gezogen. Weshalb man berücksichtigen musste, dass sie es ja mit der ehelichen Treue auch nicht so genau genommen hatte. Außerdem war die Affäre ihres Mannes mit Motje ja schon Jahre vorbei.

War eventuell Rache das Motiv? Janneke seufzte. Ihr letzter Gedanke vor dem Einschlafen war die Erkenntnis, dass die Menschen oft mit zweierlei Maß messen. Was der eine tat, war für den anderen noch lange nicht das Gleiche.

***

Am nächsten Morgen besann sich die Schriftstellerin auf ihre Arbeit und den bevorstehenden Abgabetermin des Manuskripts an den Verlag. Nach einem Frühstück und einem angenehmen Plausch mit Tante Wilma verzog sich Janneke wieder in ihr Zimmer und war gewillt, weiter zu arbeiten. Zu ihrem Leidwesen schoben sich immer wieder der Wattlooper, seine Frau und die anderen Beteiligten im Mordfall Motje Baumann vor ihr inneres Auge.

Sie stützte ihren Kopf in beide Hände, schloss die Augen und versuchte, sich das Gespräch vom gestrigen Abend mit Christa Tapper ins Gedächtnis zu rufen. Was hatte diese über ihre Begegnung mit Motje Baumann noch gesagt? *Außerhalb unseres Grundstücks bin ich ihr nie begegnet. Sie wirkte auf mich wie jemand, der gerne Rezepte austauscht, Schals strickt oder kleine niedliche Plüschtiere sammelt.*

Was stimmte daran nicht? Es war zum Verzweifeln. Janneke sprang auf. Irgendwo musste doch noch ein Stück Schokolade sein. Sie hatte mal gehört, Schokolade würde die Konzentration erhöhen. Vergeblich suchte sie in ihrer Reisetasche nach der rettenden Süßigkeit. Im Schrank wurde sie in ihrer Laptoptasche fündig. Erleichtert schlug sie die Schranktür zu, riss die Packung auf und biss hinein. Sie stutzte. Der Schrank, ein Schrank … Die Vitrine in Motjes Haus war voller

Plüschtiere. War es Zufall, dass Christa diese erwähnt hatte? War sie vielleicht doch einmal in Motjes Haus gewesen und hatte dabei die Sammlung gesehen? Oder zumindest vor dem Haus?

Blitzschnell schlüpfte Janneke in ihre Schuhe, lief nach unten und riss ihren Mantel vom Haken. Nach ein paar Minuten hatte sie mit ihrem Citroën Motjes Haus erreicht. Das Siegel an der Haustür war noch intakt. Jemand hatte zum Glück die Jalousien hochgezogen. Sie lief um das Haus herum und sah durch alle Fenster, aber es gab keinen Blickwinkel, in dem man etwas von der Vitrine im Flur sehen konnte. Entweder war die Erwähnung der Plüschtiere ein riesengroßer Zufall oder Christa Tapper war doch in Motjes Haus gewesen. Sie eilte zu ihrem Auto und fuhr zügig zurück.

12. Kapitel

Seine dunkelblaue Mütze tief ins Gesicht gezogen, stand Fokko Tapper hinter einer Hecke verborgen und sah zum Haus von Wilko Schmidt herüber. Ihm war kalt und er sehnte sich nach einer heißen Dusche. Heute Morgen war er trotz Schietwetter ins Watt hinausgelaufen, in der Hoffnung auf ein spektakuläres Fundstück.

Die Einsamkeit im Haus machte ihm doch mehr zu schaffen, als er sich eingestehen wollte. Jetzt lebte seine Frau bei diesem Idioten, vor dessen Haus er gerade herumlungerte, nur um einen Blick auf seine Ehefrau zu erhaschen.

Da seine Suche im Watt ergebnislos verlaufen war, hatte er sich frustriert auf sein Fahrrad gesetzt, um nach Hause zu fahren. Ganz urplötzlich hatte Fokko die Richtung gewechselt und stand nun frierend vor dem Haus seines Nachfolgers. Soweit er das beurteilen konnte, war das Gebäude gut in Schuss. Es gab einen großzügigen Wintergarten, die Haustür war aus massivem Holz und der Garten sehr gepflegt, wie es nur Profis konnten. Den Zaun aus verzinktem Eisen und das zweiflüglige Tor zur Auffahrt schätzte Fokko als sehr hochwertig ein. Der Typ musste schon über einige Geldmittel verfügen, wenn er sich das alles leisten konnte.

Dieser Anblick brachte ihn wieder auf seine Gedanken zurück, die ihn in der Nacht gequält hatten. Er war schweißgebadet aufgewacht, weil er geträumt hatte, dass ihm jemand sein ganzes Hab und Gut unter dem Hintern weggezogen hatte. Nach zwei Flaschen Bier und ein paar Schnäpsen in seiner Küche schnallte er plötzlich, wieso er sich nachts mit so einem Kram beschäftigte. Ihm wurde bewusst, dass Christa einen Anspruch auf einen Teil seiner beträchtlichen Rente als Unterhalt hatte. Da blieb ihm sicher nicht viel übrig. Die Skulpturen verkauften sich auch schlecht. Er musste sich wohl oder übel eingestehen, dass er selbst an dem ganzen Mist schuld war. Wäre er doch Motje nie begegnet, dann wäre er nie in Versuchung gekommen, dies alles zu tun.

Er saß ganz schön in der Scheiße, sinnierte Fokko und beschloss, sich auf den Heimweg zu begeben. Irgendwie würde er auch dieses Problem aus der Welt schaffen können.

Ein Auto hielt vor dem Haus, zwei junge Frauen stiegen aus. Waren das nicht die Weiber, die ihn auf dem Deich beobachtet hatten? Er erkannte die bunte Mütze der einen Frau. Was um Himmels willen wollten die in diesem Haus?

Die beiden Frauen klingelten und ein Mann in seinem Alter öffnete die Tür. Der nickte zweimal und ließ den Besuch eintreten.

Fokko konnte nur noch auf die sich schließende Tür starren.

***

»Kannst du dir vorstellen, warum sie gelogen hat?« Fragend sah Insa Janneke an, die mit rasanter Geschwindigkeit über die Landstraße Richtung Carolinensiel düste. »Vielleicht hat sie gar nicht gelogen und das mit den Plüschtieren nur so dahergesagt.«

»Es gibt ja viele Menschen, die solche Dinge sammeln. Das kann alles auch Zufall sein«, antwortete Janneke nachdenklich.

»Und deshalb bist du gestern im Affentempo zum Haus von Motje Baumann gefahren?«, hakte Insa nach.

Janneke nickte. »Wenn ich solche Gedanken habe, muss ich sofort nachsehen, was es damit auf sich hat. Dann kann ich es abhaken und mein Kopf ist wieder frei. Hast du Wilko erreicht?«

»Ja«, antwortete Insa. »Er war ein wenig überrascht, freut sich aber über unseren Besuch.«

Janneke parkte das Auto, die beiden Frauen stiegen aus. Auf ihr Klingeln öffnete Wilko Schmidt, begrüßte sie freundlich und ließ sie eintreten.

»Kommt mit in den Wintergarten. Christa hat seit heute Morgen rasende Kopfschmerzen. Ich weiß auch nicht mehr, was ich machen soll.«

»Sie kommt sicher wieder auf die Beine, wenn der ganze Zirkus erst mal vorbei ist«, versuchte Insa, ihren ehemaligen Arbeitskollegen zu trösten.

Christa Tapper lächelte gequält, als sie die beiden jungen Frauen erblickte. »Ist was passiert?« Sie machte eine einladende Bewegung. »Setzt euch doch bitte.«

»Danke«, sagte Janneke. Die beiden Besucherinnen nahmen auf dem Sofa Platz.

»Ich will nicht lange drumherum reden. Gestern Abend und heute Morgen habe ich über unser Gespräch noch einmal nachgedacht«, begann Janneke. »Sie haben gestern erwähnt, dass Motje Baumann so nett war, dass Sie sich vorstellen konnten, sie zur Freundin zu haben. Dabei haben Sie nebenbei erwähnt, dass Frau Baumann der Typ Mensch gewesen ist, der gerne Kochrezepte austauscht und Plüschtiere sammelt.«

»Ja, und was ist damit?«

»Mir ist eingefallen, dass ich im Haus von Frau Baumann eine Vitrine mit Plüschtieren gesehen habe. War das jetzt Zufall, dass Sie die Sammlung erwähnten, oder waren Sie tatsächlich mal bei Frau Baumann in deren Haus?«

Christa wurde blass. »Das habe ich tatsächlich gesagt? Ich kann mich gar nicht daran erinnern.«

»Waren Sie denn mal in diesem Geburtshaus?«, hakte Janneke nach. Sie bemerkte die wachsende Verunsicherung der Frau.

Christa nickte. »Ja, es stimmt. Den Inhalt der Vitrine habe ich sicher nur im Unterbewusstsein wahrgenommen. Merkwürdig, nicht?«

Insa schüttelte den Kopf. »Merkwürdig ist das gar nicht. Wir nehmen mehr Dinge wahr, als uns bewusst ist.«

»Wieso warst du bei dieser Frau?«, mischte sich Wilko nun ein. Er hatte die ganze Zeit wortlos neben seiner Lebensgefährtin gesessen. »Du hast doch gesagt, dass du ihr außer bei euch zu Hause nie begegnet bist?«

»Das ist nicht die ganze Wahrheit«, musste Christa zugeben. »Ich war einmal in ihrem Haus, lange bevor ich Wilko kennengelernt habe. Fokko hat sich so merkwürdig benommen, er war so abweisend, so kalt mir gegenüber. Ich wollte einfach mit Frau Baumann reden.«

»Wie lange ist das denn schon her?«, fragte Janneke nach.

»Das war vor zwei oder drei Jahren, aber genau weiß ich es nicht mehr.«

»Sie sind also hingefahren?«

»Ja, es war eine spontane Entscheidung«, erzählte Christa. »Ich wusste ja noch nicht einmal, ob sie zu Hause ist, und habe auf gut Glück geklingelt. Sie hat mich freundlich hereingebeten und mich sogar gefragt, ob sie mir einen Kräutertee anbieten könnte.«

»Was hast du dir davon versprochen?«, fragte Wilko.

»Nichts, absolut gar nichts, aber ich konnte doch nicht tatenlos herumsitzen und den Dingen ihren Lauf lassen. Ich wollte das irgendwie für mich klären, auch wenn Fokkos Affäre mit der Hebamme schon längst vorbei war.« Sie sah ihren Lebensgefährten an. »Wenn ich dich damals schon gekannt hätte, wäre ich sicherlich nicht so dumm gewesen, mich vor dieser Frau auch noch zu erniedrigen.«

»Was hat sie Ihnen denn erzählt?«, fragte Janneke. »Sie war doch sicher sehr überrascht, Sie vor ihrer Haustür zu sehen.«

»Eigentlich wirkte sie nicht verblüfft, sondern sehr gelassen. Ich kam gar nicht dazu, sie zur Rede zu stellen. Sie hat mir sofort erzählt, dass sie Fokko liebte und er zu ihr gehören würde, auch wenn sie im Moment keine wirkliche Beziehung hätten.«

»Sie hat also zugegeben, dass die Affäre beendet war?«, fragte Insa nach und lauschte gespannt auf die Dinge, die da noch kommen würden.

Christa nickte. »Ja, sie sagte, dass Fokko schon lange Abstand von ihr suchte, sie es aber nicht zulassen könnte. Deshalb sei sie auch ab und zu bei uns zu Hause aufgetaucht, um ihn zu sehen.« Dann klangen ihre Worte sarkastisch. »Sie hat sich sogar bedankt, dass ich immer freundlich zu ihr war und keine Szene gemacht habe.«

»Oh jeee«, stöhnte Insa, »wie schrecklich.«

»Ja, das war fürchterlich. Ich sagte zu ihr, dass sie doch Fokko in Ruhe lassen sollte, denn was vorbei ist, ist vorbei.«

»Und was hat sie geantwortet?«, raunte Wilko.

»Sie ist aufgestanden und hat etwas aus einer Schublade geholt. Dann hat sie sich wieder hingesetzt und gesagt, dass sie etwas ganz Wunderbares mit Fokko verbindet.« Christas Stimme wurde jetzt leiser. »Ich habe sie gefragt, was das denn wäre. Sie hat mich angelächelt und erzählt, dass sie und Fokko fast Eltern eines gemeinsamen Kindes geworden wären. Allerdings hätte sie das Kind in den ersten Schwangerschaftsmonaten verloren.«

»Haben Sie ihr das denn geglaubt?«, wollte Janneke wissen. »Ich meine, sie hätte Ihnen ja alle möglichen Geschichten erzählen können.«

»Ja, aber ich musste ihr glauben, denn sie hat mir ihren Mutterpass gegeben. Dort war die Schwangerschaft verzeichnet. Der Mutterpass war tatsächlich auf den Namen Motje Baumann ausgestellt.«

»Unfassbar.« Wilko fasste sich an den Kopf.

»Aber«, wandte Janneke ein, »das heißt ja noch lange nicht, dass Fokko der Vater dieses Kindes war.«

»Sie hat die Wahrheit gesagt.« Christa biss sich auf die Lippen und suchte nach Wilkos Hand. »Motje Baumann hat den Pass wieder an sich genommen und ein Foto herausgezogen, welches zwischen den Seiten gelegen hatte. Ihren Gesichtsausdruck werde ich nie vergessen, als sie mir die Fotoaufnahme reichte. Es zeigte Fokko, wie er ein Ultraschallbild des Ungeborenen mit einem glückseligen Lächeln in die Kamera hält.«

»Jetzt verstehe ich einiges.« Unbeholfen tätschelte Wilko die Hand seiner Lebensgefährtin.

***

»Sie war bestimmt eifersüchtig«, vermutete Janneke, nahm sich noch eine Scheibe Krintstuut, bestrich sie mit Butter und biss herzhaft hinein. Sie saßen in Tante Wilmas Küche und ließen sich Tee und das frische Rosinenbrot schmecken.

»Das glaube ich auch«, bestätigte Insa. »Dass der Ehemann eine Geliebte hat, ist schon schlimm genug, aber dann musste Christa auch noch erfahren, dass er beinah Vater geworden wäre.«

»Sie selbst hat doch keine Kinder?«

Insa schüttelte den Kopf. »Meines Wissens nicht.«

»Wobei man ja nicht weiß, ob sie freiwillig auf Kinder verzichtet hat oder ob es einfach nie geklappt hat«, analysierte Janneke. »Auf alle Fälle muss sie am Boden zerstört gewesen sein.«

»Das glaube ich auch«, murmelte Insa und nahm noch eine Scheibe von dem Rosinenbrot. »Mich würde es nicht wundern, wenn sie der Hebamme aufgelauert und sie erstochen hat. Sie war sicher sehr wütend auf die ehemalige Geliebte ihres Mannes.«

»Bleibt die Frage, warum sie so lange damit gewartet hat.« Nachdenklich rührte Janneke in ihrer Teetasse. »Manchmal braucht es aber eine lange Zeit, bis man zu so etwas fähig ist, weil sich der Zorn im Laufe der Zeit ins Unermessliche gesteigert hat. Oft genügt dann ein kleiner Auslöser für so eine Tat. Ein paar dahingesagte Worte, Gerüche oder auch der Anblick von Personen, und schon ist die Erinnerung wieder da, so als wäre es gestern erst gewesen.«

»Das ist mir auch schon passiert«, bestätigte Insa und strich etwas Butter auf die Scheibe Krintstuut. »Ich hatte mich schon lange von meinem Freund getrennt und dachte, alles wäre vergessen. Da sah ich ihn mit irgendeiner Zicke in Carolinensiel in unserem Café sitzen. Genau an demselben Tisch, an dem wir damals immer gesessen haben. Ich kann dir sagen, ich war so sauer auf den Kerl. Ich hätte ihm seine volle Kaffeetasse über dem Kopf ausgießen können, ohne mit der Wimper zu zucken.«

»Dann kannst du das ja ein bisschen nachempfinden, aber hättest du auch gewalttätig werden können?«

Insa zögerte mit der Antwort. »Möglich wäre es. Jetzt, wo ich darüber nachdenke, glaube ich, dass fast jeder so eine Tat begehen könnte, wenn er in diesem Moment über einen Gegenstand verfügt, mit dem man eine andere Person tödlich verletzen kann.«

»Das hieße ja im Falle Motje Baumann«, spann Janneke den Faden weiter, »dass Christa Tapper mit der Hebamme nur reden wollte und zufällig einen spitzen Gegenstand bei sich trug und im Affekt zugestochen hat?«

»Wer trägt schon zufällig sowas wie einen Schraubenzieher bei sich.« Insa zeigte auf ihre Tasche, die neben ihrem Stuhl stand. »Also ich habe nie so ein Ding dabei.«

»Jetzt wird es interessant.« Kerzengerade saß Janneke nun am Tisch. »Es sieht also eher danach aus, als habe der Täter oder die Täterin das alles geplant und ein Tatwerkzeug mitgebracht.«

Insa schüttelte den Kopf. »So eiskalt ist Christa nicht. Nein, das glaube ich nie und nimmer.«

»Ich glaube nicht, dass es eine spontane Tat war«, murmelte Janneke. »Vielleicht hat die Polizei schon nähere Erkenntnisse.« Nachdenklich stützte sie ihren Kopf in beide Hände und schloss die Augen.

»Wenn man nur wüsste, was sich wirklich zugetragen hat. Ob wir das jemals erfahren werden?« Insa sah sich in Tante Wilmas Küche um. »Hier hat sich auch einiges verändert.« Sie zeigte auf den Strunk Knoblauchzwiebeln, der über dem Herd hing. »Tante Wilma hat meines Wissens noch nie gerne Knoblauch gegessen.«

»Das war Hinrich«, grinste Janneke. »Mein Onkel hat vor ein paar Wochen in der Apothekenzeitschrift gelesen, dass Knoblauch einer Verkalkung in den Gefäßen vorbeugt. Seitdem macht er, wo immer es auch möglich ist, Knoblauch ins Essen.«

»Schmeckt ja auch gut«, bestätigte Insa. »Ich kann mir griechisches Essen gar nicht ohne Knoblauch vorstellen.«

»Ich auch nicht, aber Hinrich hat es echt übertrieben. Sogar auf seinem Butterbrot hat er eine ganze Zehe verteilt. Unsere

Nachbarn haben vor ein paar Wochen fluchtartig unser Haus verlassen, als Hinrich sie zu einem Elführtje eingeladen hatte, so stark hat es bei uns nach Knoblauch gerochen.« Janneke lachte. »Seitdem hat er seinen Knoblauchkonsum etwas reduziert. Bald wird ihm bestimmt wieder etwas Neues einfallen, was für ihn dann ungeheuer wichtig ist. Möbel umstellen, Zimmer streichen oder Pflanzen im Garten versetzen. Er ist immer in Bewegung.«

»Sei froh, dass du so einen lieben Onkel hast«, seufzte Insa. »Wenn ich da an meine Mutter denke. Den ganzen Tag kontrolliert sie, was wir machen, wohin wir gehen und vor allen Dingen, ob es auch mit ihrer Ansicht von einem untadeligen Lebenswandel in Einklang zu bringen ist.«

»Hast du nie daran gedacht auszuziehen?«

»Doch«, nickte Insa, »aber mein Gehalt ist nicht so üppig und Wohnungen hier an der Küste sind ziemlich kostspielig und knapp. Die Eigentümer vermieten lieber an Gäste, das bringt auf die Dauer mehr Geld. Warum hast du dir nie eine eigene Wohnung gesucht?«

»Ich bin nach dem Tod meiner Eltern bei meinen Großeltern aufgewachsen. Die haben mir und Hinrich das Haus in Amdorf vererbt. Mir könnte es nicht besser gehen. Hinrich kocht, putzt und kümmert sich um alles und lässt mich in Ruhe. Das ist bei dir ein bisschen anders, oder?«

Insa ballte die Fäuste. »Ja, eigentlich unzumutbar. Immerhin werde ich auch bald dreißig. Meine Mutter behandelt mich manchmal wie einen pubertären Teenager.« Sie blickte nachdenklich zum Nachbarhaus herüber. »Ich glaube, Vera hat auch das Weite gesucht, weil sie gründlich die Nase voll hat.«

»Sie wollte doch nur ein paar Tage verreisen?«, wunderte sich Janneke.

»Ich glaube, sie bleibt länger weg. Gestern hat sie angerufen. Meine Mutter hat ins Telefon geschrien, dass sie sofort zurückkommen soll. Aber so, wie ich meine Schwester kenne, pfeift sie drauf. Sie hat Vera angeschrien: *Denk dran, du hast uns schon einmal alles versaut*. Das ist ihr Standardsatz, wann immer es auch Krach gibt. Ich kann es Vera nicht verdenken, wenn sie einfach wegbleibt.«

»Dann hängt der Haussegen aber schief.« Janneke konnte sich nur schwer auf das Gespräch konzentrieren. Sie nahm sich vor, gleich bei Justus Varel anzurufen und nach dem Tatwerkzeug zu fragen.

»Tante Rika ist auch schon ganz durch den Wind. Ich glaube, ich werde mal lieber rübergehen.« Insa nahm ihre Tasche. »Wo sind denn eigentlich Tante Wilma und dein Onkel?«

»Hinrich ist mit ihr nach Oldenburg in ein Möbelgeschäft gefahren. Er ist der Ansicht, dass Tante Wilma eine neue Flurgarderobe braucht.«

»Ich würde schon gerne von zu Hause ausziehen«, meinte Insa und sah betrübt aus dem Fenster. »Vielleicht könnte ich mit einer Kollegin eine Wohngemeinschaft gründen?« Sie wies mit dem Kopf zu ihrem Elternhaus. »Dann müsste ich mir das da drüben nicht mehr antun.«

»Ich drücke dir die Daumen«, sagte Janneke und begleitete Insa zur Tür. »Wir sehen uns morgen.«

Nachdem sie die Haustür geschlossen hatte, nahm sie ihr Telefon und wählte die Nummer von Tante Wilmas Patensohn.

13. Kapitel

Seit fünf Tagen wohnte Beate Arians im Gästezimmer ihrer Schwester Veronika, immer noch unschlüssig, was sie jetzt tun sollte. Zu Herman zurückgehen? Nein! Das wäre das Gleiche, als würde sie, kaum hätte sie eine schwere Last einen Berg heraufbugsiert, alles wieder zu Tal rollen lassen. Den ersten Schritt hatte sie getan, ein Zurück gab es nicht mehr. Sie musste endlich einen Weg finden, die Dämonen aus der Vergangenheit zu verscheuchen. Vielleicht eine andere Stadt oder gar ein anderes Land? Konnte eine gewisse Anzahl von Kilometern das Leid lindern?

Wenn sie die Augen schloss, hatte sie sofort die Gerüche der ätherischen Öle und Desinfektionsmittel des Geburtshauses in der Nase. Sie spürte immer noch die panische Angst, die sie überfallen hatte, als ihre Tochter nach der Geburt keinen Ton von sich gegeben hatte. Die Hebamme hantierte mit zusammengepressten Lippen und ignorierte Beates ängstliche Fragen. Das klatschende Geräusch von Motjes Hand auf dem Po des Neugeborenen hallte laut in Beates Kopf. Sie schrie wie am Spieß. Zwei weitere schwangere Frauen hatten das Geburtszimmer betreten, um nach dem Rechten zu sehen. Ein herbeigerufener Notarzt konnte nur noch den Tod des Kindes feststellen und der Wöchnerin ein starkes Beruhigungsmittel verabreichen.

An die nächsten Wochen hatte Beate nur noch eine nebulöse Erinnerung. Ein Krankenhausbett, eine Psychologin, die mit einfühlsamen Worten versuchte, sie zu motivieren, wieder nach vorne zu blicken, und schließlich, nach einem anstrengenden Prozess wegen des Vorfalls im Geburtshaus, ein langer Kuraufenthalt in Schleswig-Holstein.

Zurück in Ostfriesland begann Beate, das Haus der Hebamme zu beobachten. Diese lebte jetzt alleine in dem großen Haus, nachdem das Gericht für sie ein lebenslanges Berufsverbot verhängt hatte.

Mit Genugtuung sah Beate, wie Motje gebeugt und sichtlich angegriffen umherlief und augenscheinlich unter den Umständen litt. All das brachte der unglücklichen Mutter keine Erleichterung. Sie wollte Rache, sie wollte, dass die Frau ebenso litt wie sie selbst.

Herman versuchte sein Bestes, lehnte aber ihr Ansinnen, aus Ostfriesland wegzugehen, strikt ab. Die Untätigkeit machte Beate rasend. Sie glaubte, ersticken zu müssen, als sie tatenlos mit ansehen musste, wie sich Motje Baumann von all den Strapazen langsam erholte und mit wiederkehrender Lebensfreude durch Carolinensiel lief.

An einem Dienstagmorgen, Herman war bereits zum Dienst aufgebrochen, beschloss sie, Motje Baumann aufzusuchen. Vielleicht sah die Hebamme ja inzwischen ein, dass sie fahrlässig gehandelt hatte, und würde sie nun um Verzeihung bitten?

Spontan und ohne Vorankündigung klingelte Beate an der Tür des Geburtshauses. Motje Baumann, noch im Bademantel, bat sie herein. Sie schien keineswegs überrascht zu sein, ihre ehemalige Patientin zu sehen.

»Kommen Sie, wir gehen nach oben«, sagte die Hebamme und stieg vor Beate in den ersten Stock hinauf.

»Tee?« Mit einer Handbewegung bat sie ihren Besuch, sich zu setzen.

Beate war verunsichert. Was hatte sie erwartet? Eine gebrochene Frau, so wie sie selbst? Stattdessen sah sie der Hebamme zu, wie diese geschickt den Tee bereitete, den Tisch deckte und freundlich lächelnd die Tassen mit dem starken Gebräu füllte.

»Ich bin froh, dass Sie gekommen sind«, sagte Motje und zog den Gürtel ihres Bademantels fester um ihre üppige Taille. »Ich kann mir vorstellen, wie Sie sich fühlen.«

Alle Worte, die sich Beate zurechtgelegt hatte, waren aus ihrem Kopf verschwunden. Sie fühlte sich hilflos und wütend. Was bildete diese Frau sich ein, zu wissen, unter welchem seelischen Schmerz sie seit diesem verhängnisvollen Tag litt?

Die Hebamme hatte sich ebenfalls gesetzt. »Lassen Sie mich sagen, dass …« Das Telefon läutete. »Entschuldigung«, nuschelte Motje, sprang auf und lief in den Flur.

Beate fühlte, wie ihr Tränen der Wut über die Wangen liefen. Fahrig öffnete sie ihre Tasche auf der Suche nach einem Taschentuch. Dabei fielen ihr die Abführtropfen in die Hand, die sie vor zwei Tagen aus der Apotheke geholt hatte.

»Frau Arians, überschreiten Sie nicht die angegebene Dosis. Das kann zu Komplikationen führen, vor allem mit Ihrem Kreislauf«, hatte sie noch die sonore Stimme des Apothekers im Ohr.

Beate überlegte nicht lange, öffnete die kleine Glasflasche und goss den Inhalt in Motjes Tee. Hoffentlich wird sie krank, sehr krank, betete Beate innerlich und sah ungerührt zu, wie die Hebamme nach ihrer Rückkehr die Tasse zum Mund führte und gierig trank. Wenn ich Glück habe, hoffte sie, wird ihr Kreislauf zusammenbrechen und sie stirbt daran. Sie musste ein Lächeln unterdrücken, während sie zusah, wie ihr Gegenüber die Tasse mit großen Schlucken leerte.

14. Kapitel

Es dauerte einen Moment, bis sich die Haustür öffnete. »Ja, was ist denn?«, nuschelte Fokko Tapper und sah Kommissar Varel an.

»Entschuldigen Sie bitte die Störung, aber ich hätte ein paar Fragen an Sie.« Aus seiner Brusttasche nahm Justus Varel seinen Dienstausweis und hielt ihn dem Mann entgegen. »Sie können sich vielleicht denken, weshalb ich hier bin.«

Fokko kniff die Augen zusammen. »Justus Varel, Polizeikommissariat Wittmund«, las er laut. »Wenn das so ist, kommen Sie rein«, sagte er widerwillig. »Es nutzt ja nix. Besser ich rede hier mit Ihnen, als dass Sie mich mit in Ihr Büro schleppen.«

»Schön, dass Sie das so sehen.« Varel folgte Tapper in die unaufgeräumte Küche.

»Sie können sich setzen.« Fokko räumte einen Stapel Zeitungen von einem Stuhl. »Egal wohin.«

»Danke.« Justus wartete, bis sich Tapper ebenfalls gesetzt hatte. »Wo waren Sie an dem Morgen, als man Motje Baumann tot am Deich gefunden hat?«

»Wann war das noch mal?«

»Das war am Freitag, den ersten November.«

»Warten Sie.« Der Wattlooper nahm einen Kalender aus der Schublade des Küchenschranks. »Laut Tidekalender war ich ab sechs Uhr morgens im Watt.«

»Sie richten sich immer nach diesem Kalender, um Ihre Ausflüge ins Watt zu planen?«

»Natürlich«, grummelte Fokko, »bei Hochwasser wäre es ja sinnlos. Eine blöde Frage, finden Sie nicht?«

»Sie haben recht, ich habe mich falsch ausgedrückt. Wie können Sie so sicher sein, dass Sie auch an diesem Tag ins Watt hinausgelaufen sind und nicht den Tag zu Hause verbracht haben?«

»Weil ich seit Jahren jeden Tag ins Watt gehe. Eine Ausnahme gab es im vorletzten Jahr. Am vierten und fünften

April musste ich zu Hause bleiben, da ich mir den Fuß verstaucht hatte.« Ungeduldig strich Tapper seine ungekämmten Haare nach hinten. »Außerdem hat mich Kalle an diesem Morgen am Deich gesehen. Da war ich gerade zurückgekommen von meiner Erkundungstour.«

»Das war aber viel später. Für die Zeit des Mordes haben Sie kein Alibi.«

Tapper zuckte mit den Schultern. »Pech, mehr kann ich Ihnen nicht bieten.«

»Gut, dann wollen wir es vorerst dabei belassen.« Varel stand auf. »Frau Baumann, kannten Sie sie gut?«

»Das wissen Sie doch bereits.« Der Wattlooper schüttelte den Kopf. »Ich will auch gar nicht abstreiten, dass wir uns früher einmal sehr nahestanden, aber das ist lange her.«

»Und danach sind Sie Frau Baumann nicht mehr begegnet?«

»Hin und wieder, wie das so ist, wenn man in der gleichen Gemeinde lebt, aber das war auch alles.«

»Das war alles? Sind Sie sicher?«

Fokko wirkte plötzlich unsicher. »Wenn man es genau nimmt, ist sie ein paar Mal hier aufgetaucht.«

»Was wollte sie?«

»Wahrscheinlich wieder mehr Kontakt, aber ich habe ihr klargemacht, dass da nichts mehr läuft.« Er rümpfte die Nase. »Vor allem in unserem Alter.«

Varel sah ein, dass er nicht weiterkam. »Hätten Sie etwas dagegen, wenn ich mich in Ihrer Werkstatt mal umsehe?«

Bereitwillig nickte Fokko Tapper. »Tun Sie sich keinen Zwang an. Kommen Sie, ich zeige Ihnen den Weg.«

Varel, überrascht von der Bereitwilligkeit des Mannes, folgte ihm in die am Wohnhaus angrenzende Werkstatt. Der Kommissar sah sich dort einer Menge potenziellen Tatwaffen in Form der zahlreichen spitzen Holzwerkzeuge gegenüber.

»Sie haben hier Gegenstände, von denen viele als Tatwaffe infrage kommen«, informierte der Kommissar Tapper. »Ich würde gerne die Spurensicherung bitten, sich das alles hier genau anzusehen.«

»Von mir aus gerne«, grinste Tapper und lehnte sich entspannt mit verschränkten Armen an die Hobelbank.

***

»Habt ihr ihn auch verhört?«, wollte Janneke von Kommissar Varel wissen, nachdem sie ihn über das Gespräch mit Christa Tapper informiert hatte. Beide standen auf der Deichkrone in Harlesiel und beobachteten Fokko Tapper, der den Blick auf den Boden durch den Schlick lief.

»Ja, haben wir, er hat kein Alibi. Angeblich war er am Tattag ab sechs Uhr morgens hier im Watt auf der Suche nach Treibholz.«

»Aber dann müsste er doch etwas gesehen haben«, wunderte sich Janneke.

»Angeblich war er ganz weit draußen, als Frau Baumann erstochen wurde. Er habe erst von dem Vorfall erfahren, als ein Herr Bonhuis ihn darauf aufmerksam gemacht hatte.« Justus hob fröstelnd die Schultern. »So'n Schietwetter.«

»Lass uns zu Tante Wilma gehen«, schlug Janneke vor und versuchte, mit ihren High Heels möglichst elegant den feuchten Deich herunterzusteigen.

»Ein Motiv hätte er ja«, nahm sie den Faden wieder auf. »Schließlich hatte er ein jahrelanges Verhältnis mit der Toten und musste später damit zurechtkommen, dass sie ihm immer wieder auf die Pelle gerückt ist.«

Justus nickte. »Genauso ist es und deshalb steht er für mich ganz oben auf der Liste. Zumal wir uns seine Werkstatt angesehen haben, wo es von potenziellen Tatwerkzeugen nur so wimmelt.«

»Was könnte das gewesen sein? Ein Schraubenzieher?«

»Irgendetwas langes Spitzes. Es könnte auch eines der Werkzeuge zur Holzbearbeitung sein, die wir in Tappers Werkstatt gesichtet haben.«

»Aber an keinem waren Blutreste vorhanden, richtig?«, vermutete Janneke.

»Die Spurensicherung hat nichts gefunden, leider. Aber wenn er für den Tod der Hebamme verantwortlich ist, hat er sicherlich die Tatwaffe längst verschwinden lassen. Deshalb hat er vielleicht auch bereitwillig zugelassen, dass ich mich in der Werkstatt umsehen konnte.«

»Macht ihn das noch mehr verdächtig?«

»Könnte sein, aber dann auch wiederum nicht. Das sind eben alles nur Theorien«, erklärte Varel frustriert.

Mit großen Schritten näherten sie sich Tante Wilmas Haus. Während sich Justus mühelos gegen den Wind stemmte, versuchte Janneke vergeblich, mit ihm Schritt zu halten.

»Tante Wilma guckt schon am Küchenfenster, wo wir bleiben«, lachte Justus. »Ich habe die Schnauze echt voll von dem nassen Wetter.«

»Und dann dazu noch Ostwind.« Nur mit Mühe erreichte Janneke die Haustür, betrat hinter Varel den Flur und warf die Tür ins Schloss.

»Essen ist fertig«, brüllte Hinrich aus der Küche. »Macht schnell.«

»Genau das brauche ich jetzt«, freute sich Justus, rieb sich die Hände und setzte sich neben der lächelnden Tante Wilma an den Tisch.

»Lasst es euch schmecken«, sagte sie, als Hinrich jedem eine ordentliche Portion Bohnensuppe serviert hatte. »Das wird euch bei dem Wetter guttun.«

Nach dem Essen, Tante Wilma hatte sich zu einem Mittagsschlaf zurückgezogen und Hinrich war in den Schuppen geeilt, um nachzusehen, ob die am Tag zuvor angebrachten Haken für die Gartengeräte noch ordentlich an der Wand hingen, saßen Janneke und Justus bei einer Tasse Kaffee am Küchentisch und erörterten weiter den Fall Motje Baumann.

»Wann, meinst du, wird das Haus der Hebamme wieder freigegeben? Du weißt ja, ich würde mich zu gerne da noch mal umsehen.«

»Ich habe es dir ja versprochen, aber das dauert noch. Wir gehen zurzeit sämtliche Patientenakten durch und befragen zuerst alle Frauen, bei denen etwas Außergewöhnliches bei ihrer Entbindung zu verzeichnen war.«

»Was genau meinst du damit?«

»Zuerst haben wir alle aufgesucht, die während der Geburt wegen Komplikationen doch in die Klinik verlegt werden mussten. Dann alle, bei denen die Geburt im Geburtshaus nicht so ganz reibungslos verlaufen ist. Ja, und dann kommen all die anderen dran, die jemals bei Frau Baumann entbunden haben.«

»Das sind bestimmt eine Menge Frauen«, vermutete Janneke, »das wird sicherlich einige Zeit dauern.«

»Frau Baumann hat ja immer alleine gearbeitet, somit hält sich die Zahl der Patientinnen in Grenzen.« Justus sah sie ermahnend an. »Aber behalte das alles schön für dich, nicht dass ich in Teufels Küche komme. Ich erzähle dir das auch nur, weil du zu Tante Wilmas Familie gehörst.«

»Ehrensache«, versprach sie. »Sag mal, wie ist deine Einschätzung? War das ein Mord im Affekt oder von langer Hand geplant?«

»Also«, begann Varel mit seinen Überlegungen, »der Fundort ist auch der Tatort. Das könnte gegen eine geplante Tat sprechen, aber die Tatwaffe … Unsere Pathologen haben ermittelt, dass es sich um ein mindestens zehn Zentimeter langes Werkzeug handeln muss, das direkt ins Herz getroffen hat.«

»Vielleicht doch ein Messer?«

»Nein, dazu ist der Stichkanal zu schmal.« Er seufzte.

Janneke lehnte sich zurück. Bei den erdachten Morden in ihren Romanen wusste sie ja in der Regel von Anfang an, wer der Täter war. Nur ein einziges Mal musste sie alles über den Haufen werfen. Die geplante Täterin entpuppte sich während des Schreibprozesses als so nett und sympathisch, dass Janneke es nicht übers Herz gebracht hatte, sie als Mörderin zu überführen.

Aber hier in Harlesiel war wirklich ein Mord geschehen, bei dem reale Menschen die Folgen miterleben mussten. Und das war etwas ganz anderes. Sie sah in Justus' nachdenkliches Gesicht und wünschte, sie könnte ihm helfen.

***

Als ehemalige Lehrerin war es Rika van Gerpen gewohnt, sich an Regeln, Verabredungen und bestimmte Vorgaben zu halten. Aber das, was Hilde da veranstaltete, ging nach ihrer Ansicht viel zu weit.

Ihre Nichte Vera hatte Schutz in ihrem Elternhaus gesucht, nachdem ihr Ehemann auf und davon war und das arme Kind mit Schulden zurückgelassen hatte. Und was tat ihre Schwester? Sie hackte auf dem Mädchen herum, als wäre diese noch minderjährig und ahnungslos, was das Leben betraf.

Rika wollte Hilde zugutehalten, dass Vera schon in der Jugend immer etwas schwierig gewesen war, aber diese Bevormundung war auf keinen Fall angebracht. Schließlich war ihre ältere Nichte Mitte vierzig und stand mitten im Leben.

Insa war da ganz anders. Pflegeleicht und zurückhaltend. Mit Freude hatte Rika bemerkt, dass sie mit ihrer neuen Freundin, die diese unmöglichen Schuhe trug, oft unterwegs war. Der Umgang mit der jungen Frau schien Insa zu gefallen, denn so aufgeräumt hatte sie ihre jüngere Nichte noch nie gesehen.

Manches Mal haderte die ehemalige Physiklehrerin mit dem Verlauf ihres Lebens. Wieso war sie damals im Haus ihrer Schwester und ihres Schwagers untergekrochen? Hätte sie es nicht auch alleine geschafft, ihre Gemütsschwankungen zu überwinden?

Hilde hatte ihren Mann erst überreden müssen, schließlich aber hatte dieser eingewilligt. Aber erst, nachdem er sicherstellen konnte, dass sie sich in dem großzügig bemessenen Haus nicht über den Weg laufen würden.

Stolz war Enno gewesen, hart zu sich selbst und seiner Familie. Deshalb war Rika mehr als überrascht gewesen, an jenem heißen Tag im Juli ihren Schwager und diese Hebamme in Aurich in einem Café sitzen zu sehen. Sie saßen vornübergebeugt, ihre Gesichter nur wenige Zentimeter voneinander entfernt.

Rika wusste noch, dass sie diese Beobachtung genau zwei Tage nach Hildes Schwangerschaftsgeständnis gemacht hatte. Sie hatte ihrer Schwester niemals von diesem Ereignis erzählt, denn ihr Schwager und die Hebamme erschienen ihr sehr vertraut. Hatte Enno eventuell ein Verhältnis mit dieser Frau gehabt? Aber vielleicht hatte er aus Besorgnis wegen der Schwangerschaft die Hebamme zu einem Gespräch gebeten? Aber dafür hätte er doch nicht extra nach Aurich fahren müssen. Stand er der Hebamme doch vielleicht näher, als es schicklich war? Hilde hatte nie über ein solches Treffen gesprochen, deshalb hatte sie selbst sich eingeredet, dass sicher alles ganz harmlos war, obwohl sie es doch sehr merkwürdig fand, dass der Herr Bürgermeister diese Heimlichkeit an den Tag gelegt hatte.

Von diesem Tag an konnte Rika den angeblich untadeligen Enno nicht mehr ernst nehmen. Wie hatte ihre Mutter immer gesagt? Nach außen hui und innen pfui. Da war etwas Wahres dran.

Wieso dachte sie ausgerechnet heute an diese alte Geschichte? Das kam sicher daher, dass die Hebamme auf solch schreckliche Weise ums Leben gekommen war und man sie in unmittelbarer Nähe aufgefunden hatte.

Es wurde ja viel geredet. Beim Bäcker, in den Kneipen und auf der Straße. Jeder tat so, als hätte er Frau Baumann gut gekannt und wusste intime Details zu berichten. Angeblich soll die Tote mit ihrem Vermieter im Klinsch gelegen und in den Jahren, als sie jung und knackig war, jeder Menge Männer den Kopf verdreht haben.

Rika dankte dem Universum, dass sie nie in die Falle einer Ehe oder Lebensgemeinschaft getappt war. Man konnte ja sehen, was daraus wurde, und dafür waren ihr ihre Nerven zu schade.

15. Kapitel

Genau wie vor zwei Tagen lungerte Fokko Tapper vor dem Haus herum, in dem seine Ehefrau mit einem wildfremden Mann wohnte. Es war schon dunkel und die erleuchteten Fenster der Häuser tauchten die Straße in ein mildes Licht. Im Vorgarten des Hauses, vor dem er seinen Beobachtungsposten bezogen hatte, stand ein kleiner Pilsumer Leuchtturm, der in regelmäßigen Abständen blinkte.

Fokko sah die Bewohner der Häuser, wie sie eilig in ihren Zimmern hin und her liefen, lachten oder stritten. Er hatte noch nie verstanden, weshalb die Menschen ihre Vorhänge nie zuzogen. Er selbst konnte das überhaupt nicht leiden, wenn ihn jemand von außen beobachten konnte. Obwohl sein Haus etwas abseits stand, hatte er stets darauf bestanden, dass, sobald es dunkel war, alle Rollläden und Vorhänge geschlossen wurden.

Diese Handhabung hatte Christa anscheinend in ihre neue Wohnung mitgenommen, denn ausgerechnet in dem Haus, in dem ihn die Aktivitäten der Bewohner brennend interessierten, war alles fest verrammelt.

Weshalb stand er überhaupt hier herum?, überlegte Fokko und stampfte ärgerlich mit dem Fuß auf. Gerade hatte er beschlossen, den Rückzug anzutreten, als sich eine Hand schwer auf seine Schultern legte. Erschrocken fuhr er herum und sah in das grinsende Gesicht von Rolf Haller, seinem ehemaligen Arbeitskollegen. »Wieso stehst du hier so rum?«, lispelte Rolf. »Wolltest du zu mir?«

»Ja … nein, eigentlich nicht«, stammelte Fokko. Er hatte noch nicht einmal gewusst, dass Rolf in dieser Straße wohnte. Unauffällig sah er zu dem Haus, vor dem er stand. *Haus Robbe* stand in geschwungener Schrift und hell angestrahlt neben der Haustür.

»Vermietest du noch immer die Ferienwohnung?«, wollte Fokko wissen, in der Hoffnung, das Gespräch in andere Bahnen lenken zu können.

»Ja, manchmal. Hauptsächlich im Sommer«, antwortete Rolf. »Ich habe es so mit dem Blutdruck, und meine Frau, die kann auch nicht mehr so … die ewige Putzerei, verstehst du?«

Fokko nickte. Jetzt erinnerte er sich, dass Rolf während seines Arbeitslebens häufig überpünktlich Feierabend machte, weil er, wie er sagte, noch etwas reparieren musste, da am nächsten Tag Gäste anreisen würden.

»Also, du wolltest nicht zu mir?«, riss Rolf ihn aus seinen Gedanken.

»Nee, eigentlich hatte ich nur …«

»Es ist ja so«, quasselte Rolf weiter, »alles verändert sich, nichts bleibt, wie es ist. Überall zwickt es und sticht.« Mit schmerzverzerrtem Gesicht fasste er sich ans Knie. »Ich beneide meinen Nachbarn.« Er zeigte auf Wilko Schmidts Haus. »Der olle Kerl fängt noch mal ganz von vorne an. Jetzt ist seine Freundin zu ihm gezogen. Die sieht ganz nett aus, obwohl sie auch schon älter ist.«

»Ist der Mann denn nicht verheiratet?« Fokko schöpfte Hoffnung, dass das traute Glück auf der anderen Seite der Straße nicht von Dauer war.

Rolf schüttelte den Kopf. »Schon lange nicht mehr, aber jetzt hat er eine ganz nette Frau.« Er seufzte gedankenschwer. »Und unsereiner muss immer den alten Trott mitmachen.«

»Ja, so ist es eben«, meinte Fokko ganz lapidar. »Alles nicht so einfach.«

»Und du, deine Frau, all up Stee?«

»Ja, alles in Ordnung.« Fokko nickte hektisch und sah auf seine Armbanduhr. »Oh, schon spät. Ich muss weiter.« Er reichte Rolf die Hand. »Bis irgendwann noch mal«, rief er und lief eilig davon.

***

»So ein Mist«, murmelte Janneke und stierte auf das zerbrochene Display ihres Handys.

»Kaputt?« Hinrich saß am Küchentisch und schnippelte Bohnen.

»Ja, meine Tasche ist runtergefallen.« Ärgerlich strich sie mit dem Zeigefinger über den Sprung.

»Ich weiß ja nicht, was du immer in deinen großen Handtaschen mit herumschleppst«, spottete ihr Onkel, »aber eines ist gewiss, den ganzen Kram brauchst du doch nicht ständig, oder?«

»Ärgere mich nicht«, maulte Janneke, »ich habe heute sowieso schon schlechte Laune.«

»Also mir würde so eine Tasche glatt für einen Vierzehn-Tage-Trip nach Mallorca reichen«, setzte er noch eins drauf, »da passt doch alles rein, was man für eine Reise ans Mittelmeer braucht.« Hinrich grinste. »Meistens helfen dir ja ein paar neue Schuhe, wenn du nicht gut drauf bist.«

»Ich fahre mal schnell nach Esens«, entgegnete sie, ohne auf die Sticheleien ihres Onkels einzugehen. »Da gibt es sicher einen Laden, in dem man …« Sie hob den Kopf. »Es hat geklingelt.«

»Das wird deine Freundin sein«, nuschelte der Rentner und arbeitete weiter.

»Ich sehe mal nach.« Janneke eilte in den Flur und riss die Tür auf. Eine völlig aufgelöste Insa stand davor. »Kannst du mit mir nach Carolinensiel fahren?«, stieß sie atemlos hervor. »Ich will mir eine Wohnung angucken.«

»Aber wieso bist du denn so hektisch?« Janneke nahm ihren Mantel vom Haken. »Die läuft dir doch nicht weg.«

»Nee, das nicht, aber mein Auto springt nicht an und meine Arbeitskollegin hat für elf Uhr einen Termin mit der Vermieterin gemacht.«

»Warte kurz.« Janneke ging in die Küche zurück, nahm ihre Tasche und verließ mit einem *Bis später* Tante Wilmas Haus.

»Du willst unbedingt ausziehen, oder?« Mit ziemlich hoher Geschwindigkeit lenkte Janneke ihren Citroën über die Landstraße nach Carolinensiel.

»Ja, unbedingt. Seitdem Vera weg ist, dreht Mama völlig durch.«

»Was heißt weg? Deine Schwester ist doch nur in Urlaub gefahren?«

Insa lachte sarkastisch. »Denkste. Heute Morgen hat die Arbeitsstelle von Vera bei uns angerufen. Sie wollten die genaue Adresse in Spanien von ihr haben, um ihr ihre Papiere zu schicken.«

»Welche Papiere?«

»Vera hat dort gekündigt. Per Mail.« Insa tippte sich an die Stirn. »Sie hat alles hingeschmissen und will in Spanien bleiben.«

»Wer hat das gesagt?«

»Die Frau von der Tourist-Information. Sie hat darum gebeten, dass Vera ihre neue Adresse in Spanien durchgeben soll. Im Falle, dass es noch Klärungsbedarf wegen des Zeugnisses gibt.«

»Das ist ja ein Ding«, meinte Janneke und schaltete einen Gang runter. »Wo müssen wir denn überhaupt hin?«

»In den Lotsenweg 17.«

»Das ist doch die Straße, in der das Geburtshaus von Motje Baumann steht.«

»Ja, stimmt. Da wartet meine Kollegin auf mich.«

»Das ist ja ein Zufall.«

Innerhalb von ein paar Minuten hatten die beiden jungen Frauen ihr Ziel erreicht. Das Haus, in dem Insa die Wohnung besichtigen wollte, lag schräg gegenüber dem Geburtshaus.

»Sie wartet schon«, sagte Insa und stieg aus, nachdem Janneke das Auto geparkt hatte. »Komm doch mit«, bat sie ihre neue Freundin. »Das hilft mir sicher bei der Entscheidung, wenn noch jemand mit dabei ist.«

Wenke Holm, Insas junge Arbeitskollegin, stand frierend am Gartentor. »Ich warte schon. Meine Beine sind schon fast festgefroren.«

»Das ist Janneke Hoogestraat, eine Freundin aus Leer«, stellte Insa ihre Begleiterin vor. »Mein Auto hat schlappgemacht. Sie war so nett und hat mich hergebracht.«

»Moin«, nickte Wenke freundlich. »Wir sollten reingehen. Frau Rebuschat wartet sicher schon.« Sie drückte dreimal kräftig auf den Klingelknopf.

Die Hauseigentümerin öffnete die Tür und sah die drei Besucherinnen an. »Moin.« Skeptisch musterte sie die Frauen. »Sie wollen aber nicht alle drei hier einziehen? Ich habe gesagt, die Wohnung reicht gerade mal für zwei.«

»Alles in Ordnung, Frau Rebuschat«, beruhigte Wenke die Frau. »Frau Vaartmann und ich sind an der Wohnung interessiert.«

Erleichtert lächelte Frau Rebuschat. »Na, dann kommen Sie mal mit. Die Wohnung ist oben unter dem Dach.«

Wenke und Insa zeigten sich beim Betreten der Wohnung erfreut über die großzügige Raumaufteilung. Es gab eine große Küche und zwei gleichgroße Wohnräume.

»Das passt ja«, schwärmte Insa. »Für jeden ein Zimmer, Bad und Küche gemeinsam.«

Wenke nickte zustimmend. »Besser hätte es gar nicht sein können.«

»Na, dann soll es mir recht ein, wenn Sic die Wohnung nehmen. Mit der Miete waren wir uns ja auch einig.«

»Dann kann ich ja gleich mal ausmessen, ob mein Sofa …« Wenke hatte aus ihrer Tasche ein Maßband gezogen und verschwand mit Insa in einem der Wohnräume.

Janneke sah sich unauffällig um. Durch das kleine Flurfenster hatte man direkte Sicht zum Geburtshaus. Frau Rebuschat hatte ihren Blick bemerkt. »Sie haben auch davon gehört?«

Janneke nickte. »Ja, ich bin zu Besuch bei einer Tante in Harlesiel. In der Nähe ihres Hauses ist es passiert.«

»Sehen Sie?« Die Vermieterin zeigte auf die Fenster im Erdgeschoss von Motje Baumanns Haus. »Da brannte manchmal Tag und Nacht das Licht.« Sie stöhnte kurz auf. »Und dann immer diese Jammermusik, auch nachts. Angeblich sollen das Walgesänge gewesen sein. Ich habe Motje mal gefragt, was das für ein Geheule sei. Sie hat gesagt, die Geräusche der Wale beruhigen die Gebärenden. Das wäre wichtig für eine entspannte Entbindung.« Sie schüttelte entrüstet den Kopf. »So ein Quatsch. Ich würde plemplem davon. Aber zum Glück haben wir seit zehn Jahren unsere Ruhe.«

»Kannten Sie Frau Baumann gut?« Froh, eine Informationsquelle gefunden zu haben, bemühte sich Janneke um einen Plauderton.

»Na ja, wie man eben Nachbarn kennt. Früher war da viel los, aber seit dem Prozess lebte Motje alleine in dem Haus. Was sie gemacht hat, weiß ich nicht. Ich glaube, sie hatte mehrere Aushilfsjobs. Alles, was man so hörte, sprach nicht gerade von vornehmer Zurückhaltung. Immer lief Motje in diesen Flatterkleidern herum, total unvorteilhaft, wenn Sie verstehen, was ich meine. Sie soll auch angeblich mit Männern rumposiert haben und sich das eine oder andere Getränk spendiert haben lassen. Es wird eben viel geredet. Aber bei uns hier in der Straße war alles ruhig.«

»Also gar nichts Besonderes?«

Frau Rebuschat hob kurz ihre Schultern. »Die Polizei war tagelang hier zugange und hat kistenweise irgendwelche Ordner rausgetragen. Sie haben sogar so eine Klebefolie über die Tür gemacht. Mein Mann hat gesagt, das wäre ein Polizeisiegel.«

»Damit niemand das Haus unbefugt betreten kann«, bestätigte Janneke die Information der Vermieterin.

Mit ihrer rechten Hand fuhr Frau Rebuschat in ihren Ausschnitt und zog den Träger ihres BHs hoch. »Die Mistdinger leiern auch immer schneller aus«, schimpfte sie. »Da fällt mir gerade etwas ein. Im letzten Winter habe ich nachts einmal etwas beobachtet. Ich muss nachts öfter aufstehen, ein Blasenleiden, wissen Sie, hatte ich schon als junge Frau … egal, also ich habe zufällig nachts aus dem Fenster geguckt und gesehen, wie Motje mit einer Person in ihrer Haustür stand.«

»Das ist ja interessant«, sagte Janneke und sah die Vermieterin aufmunternd an. »Und was geschah dann?«

»Ich hörte, wie Motje sagte: ›Sie haben nicht das Recht, mir zu drohen. Im Gegenteil, ich bin diejenige, die hier das Sagen hat.‹ Ja, genau das hat sie gesagt.« Frau Rebuschat bekräftigte ihre Worte mit einem energischen Nicken.

»Kann man denn von hier aus verstehen, was drüben gesprochen wird?«

»Wenn alles ruhig ist und der Wind günstig steht, hört man jedes Wort.«

»Aha, so ist das.« Janneke überlegte kurz. »War die zweite Person ein Mann oder eine Frau?«

Die Vermieterin schüttelte den Kopf. »Das kann ich Ihnen beim besten Willen nicht sagen. Das war im Februar oder so … und da sind ja die Menschen immer sehr dick angezogen. Ich habe auch nicht weiter hingesehen, weil ich schon wieder zur Toilette musste. Später habe ich an diese Sache gar nicht mehr gedacht, bis heute.« Sie blickte Janneke neugierig an. »Haben Sie schon etwas gehört? Weiß man denn inzwischen, wer Motje auf dem Gewissen hat?«

Diese Frage hätte Janneke gerne mit Ja beantwortet.

***

Mit angezogenen Beinen lag Janneke am nächsten Tag auf ihrem Bett in Tante Wilmas Dachkammer und dachte an den Mordfall, der so viele Rätsel aufgab. Es gab mehrere Verdächtige, denn die Verstorbene hatte sich gerne und oft mit ihren Mitmenschen angelegt, gestritten und moralische Standards über Bord geworfen. So hatte sie sich an einen verheirateten Mann herangemacht, der einem Abenteuer nicht abgeneigt gewesen war.

Jedenfalls war Motje Baumann keine Frau gewesen, die Auseinandersetzungen aus dem Wege gegangen war, und demzufolge gab es sicher viele Mitmenschen, die ihr nicht gerade das Beste wünschten.

Gestern Abend hatte Justus netterweise noch einmal angerufen und vermeldet, dass es absolut nichts Neues gab. Alle Ermittlungen liefen ins Nichts, bedauerte er. Auf Jannekes Frage, wann denn das Geburtshaus endlich freigegeben würde, vertröstete sie Varel. Es könnte noch einige Zeit dauern, bis alles abschließend gesichtet und begutachtet wäre.

»So ein Mist«, murmelte Janneke, nur zu gerne hätte sie in dieser Sache weiterermittelt. Jetzt blieb ihr nichts anderes übrig, als abzuwarten, bis sie der Vollständigkeit halber das Dachgeschoss von Motje Baumanns Haus inspizieren und dann ihre Zelte hier in Harlesiel abbrechen konnte. Es war an der Zeit, sich wieder dem Alltag zuzuwenden.

Sie setzte sich auf. Jetzt war ihr nach frischer Luft und einem netten Gespräch mit einer Freundin. In den Tiefen ihrer Tasche fand Janneke ihr Telefon und rief Insa an.

»Hast du Lust auf eine kleine Radtour an den Deich?«, fragte sie die junge Frau aus der Nachbarschaft. »Ich muss dringend mein Gehirn auslüften.«

»Gute Idee«, freute sich Insa. »Ich bin gerade nach Hause gekommen. Tante Rika liegt mit Migräne im Bett und Mama sitzt mit heruntergezogenen Mundwinkeln vor dem Fernseher.«

»Na dann«, meinte Janneke. »Wir treffen uns draußen.«

Es war früher Nachmittag, der Himmel wunderbar blau und die Luft salzig. Die beiden jungen Frauen fuhren zum Harlesieler Deich, stellten ihre Räder ab und setzten sich auf eine Bank auf dem Deich.

»Herrlich, diese Luft«, schwärmte Janneke und atmete ein paarmal tief ein und aus.

Insa lachte. »Meine Lungen freuen sich gerade über den vielen Sauerstoff.«

Die Nordsee schob ihre Wellen mit Wucht über die Steine, um sich daraufhin langsam wieder etwas zurückzuziehen.

»Vom Watt ist nichts zu sehen«, meinte Janneke und beobachtete die Gischt.

»Hmmh«, brummte Insa und breitete ihre Arme aus.

»Und vom Wattlooper ist auch nichts zu sehen.« Janneke musste grinsen. »Wäre ja auch komisch, wenn er hier wäre. So ganz ohne Watt.«

»Wo du recht hast, hast du recht.« Insa sah sich um. »Das war hier, oder? Hier unter der Bank lag doch Motje.«

»Ja, stimmt. Ist dir das unangenehm?«

Insa spitzte die Lippen. »Nein, eigentlich nicht. Die Bank kann ja nichts dafür. Es ist nur so komisch. Ich hätte nie gedacht, dass hier so etwas einmal passieren würde.«

»Das denkt niemand. Aber an jedem Tatort gibt es Nachbarn, Menschen, die zufällig vor Ort sind. Sie alle müssen dann das Schreckliche miterleben, obwohl sie das nie in ihren kühnsten Träumen vermutet hätten.«

Insa streckte ihre Beine von sich. »Ich genieße wirklich die Ruhe hier draußen. Bei uns zu Hause ist es oft laut. Der Ärger hängt in der Luft. Ich verstehe meine Mutter wirklich nicht. Sie könnte doch mal aufhören zu meckern.«

»Sie ist bestimmt sauer wegen Vera, oder?«

»Ich denke, das ist der Hauptgrund.«

»Hast du etwas von deiner Schwester gehört?«

Insa zückte ihr Handy. »Ja, gestern hat sie mir eine Nachricht geschickt … warte mal … ja, hier … ihr Freund hat einen Onkel dort unten und beide können in seiner Werbeagentur arbeiten. Eine Wohnung haben sie auch schon. Ich soll ihr ein paar Sachen schicken, aber ohne dass Mama etwas merkt. Die hat gut reden. Wie soll ich das denn machen?«

»Das ist doch ganz einfach«, antwortete Janneke. »Du nimmst jeden Tag ein paar Sachen von deiner Schwester mit zur Arbeit ins Hotel. Und wenn du alles zusammen hast, holst du dir einen Karton und packst den in aller Ruhe. Deine Mutter bekommt davon garantiert nichts mit.«

Insa klatschte in die Hände. »Das ist genial. Genauso mache ich das.« Entspannt lehnte sie sich zurück.

»Es ist so schön hier«, seufzte Janneke und sah auf ihre bequemen Schuhe, in die sie vorsorglich geschlüpft war. Mit High Heels auf den Deich zu steigen war wirklich kein Genuss. Da hieß es in Bezug auf Modebewusstsein, Abstriche zu machen.

Beide Frauen hingen ihren Gedanken nach, bis Insa die Stille unterbrach. »An was denkst du?«

»An den Wattlooper«, gab Janneke zu. »Ich hätte ihn zu gerne aus der Nähe gesehen. Wenn man nämlich einem Menschen direkt gegenübersteht, kann man ihn viel besser einschätzen.«

»Wir könnten eventuell …«

Janneke saß plötzlich kerzengerade auf der Bank. »Wir könnten was?«

»Wir könnten zu Fokko Tappers Haus fahren und fragen, ob Christa da ist. Er weiß ja nicht, dass wir wissen, dass sie ausgezogen ist. Das wäre eine gute Gelegenheit, ihn aus der Nähe zu begutachten.«

Janneke war schon aufgesprungen. »Eine hervorragende Idee. Lass uns gleich losfahren. Hoffentlich ist er zu Hause.«

»Soviel ich weiß, ist er entweder im Watt oder in seinem Haus. Er ist eigentlich nie viel unterwegs.«

Nach knapp zehn Minuten stellten Insa und Janneke ihre Räder vor dem Haus des Wattloopers ab. »Am besten, du klingelst. Er kennt dich sicher vom Sehen und dann fällt es nicht so auf, dass wir einfach hier reinschneien.«

»Okay«, flüsterte Insa. »Ich gehe jetzt zur Haustür und gucke mal, ob er da ist.«

Sie stieg die vier ausgetretenen Stufen hoch und blieb einen Moment regungslos vor der Haustür stehen. Mehrmals musste Insa die Klingel betätigen, bis der Bewohner mürrisch dreinblickend endlich die Haustür öffnete.

»Moin«, lächelte Insa. »Entschuldigen Sie bitte, aber wir würden gerne zu Christa. Ist sie da?«

»Nein«, bölkte Tapper. »Ist nicht da.«

Er wollte die Tür zuknallen, aber Insa war schneller. Sie sprang einen Schritt nach vorne und stellte sich in die Haustür. »Wo ist sie denn?«

»Keine Ahnung. Jetzt macht euch vom Hof.« Er gab Insa einen Stoß, sodass sie zurücktaumelte. Dann knallte er die Haustür zu.

»So ein Stoffel«, meckerte Insa, als sie wieder bei Janneke stand. »Ich wäre fast die Treppe heruntergefallen. Christa kann froh sein, dass sie den los ist.«

Wütend sah sie zum Küchenfenster, hinter dem Fokko Tapper stand und sie beobachtete.

16. Kapitel

Was wollten die Weiber bloß von ihm? Tapper stand an seinem Küchenfenster und sah, wie die eine der Frauen wild gestikulierte und zu ihm herübersah.

Da stimmte doch etwas nicht. Wieso fragten die beiden jungen Frauen nach Christa, obwohl er doch mit eigenen Augen gesehen hatte, wie sie in das Haus von Christas Lover hereingegangen waren?

Er hatte die beiden sofort erkannt. Ob Christa sie geschickt hatte? Vielleicht war das eine Falle? Oder eine Provokation und Christa hatte die Absicht, ihn aus der Reserve zu locken.

Er sah mit Genugtuung, wie beide Frauen ihre Räder von seinem Grundstück schoben. Endlich!

Mit schlurfenden Schritten bewegte er sich Richtung Wohnzimmer und ließ sich in seinen Fernsehsessel fallen. Mit geschlossenen Augen dachte er an die Zeit, in der ihm Christa freundlich lächelnd einen Pott Tee gebracht hatte. Obwohl er wie immer wortkarg durchs Haus gelaufen war und sie allen Grund der Welt gehabt hätte, ihn auch links liegen zu lassen.

Er sah auf die Uhr. Noch gut zwei Stunden, bis er wieder ins Watt konnte. Es wurde jetzt im November schon früh dunkel und diese Tatsache schränkte seine Tätigkeit im Watt stark ein.

Wahrscheinlich war es das Vernünftigste, er würde sich mit den Gegebenheiten abfinden. Irgendwann würde ein Brief von einem Anwalt kommen, in dem er aufgefordert wurde, Unterhalt an Christa zu zahlen. Und dann kam die Scheidung. Konnte es passieren, dass sie auch auf einen Teil seines Hauses Anspruch hatte? Dies wäre allerdings weniger schön. Sein Vater hatte ihm immer gepredigt, dass er sich für den schlimmsten Fall schon mal eine Lösung ausdenken sollte. Dann wäre alles halb so schlimm.

Was wäre in seinem Fall das schlimmste aller Szenarien? Das halbe Haus weg, die halbe Rente weg, die Frau weg. Ihm würde so gut wie nichts bleiben. Sollte er unter diesen Umständen noch in Harlesiel bleiben? Aber wo sollte er hin?

Zornig biss Fokko Tapper die Lippen zusammen. An allem war Motje schuld. Er wünschte, er wäre dieser Hexe nie begegnet.

***

»Nich lang schnacken, Kopp in Nacken«, lachte Kalle Bonhuis, hob sein Glas und prostete seinen Gästen zu. »Schließlich habe ich jetzt die halbe Hundert voll.«

»Prost, du Gauner«, hob Willi ebenfalls sein Glas. »Weiterhin auf gute Nachbarschaft.«

Das Haus von Kalle und Veronika Bonhuis schien aus allen Nähten zu platzen. Zum runden Geburtstag des Hausherrn und Inhaber des örtlichen Supermarktes hatte sich alles eingefunden, was in Harlesiel und Umgebung Rang und Namen hatte.

Großzügig bewirtete Kalle seine Gäste, er verwies immer wieder auf das reichhaltige Buffet, welches im Nebenraum, bestückt mit allen möglichen kulinarischen Köstlichkeiten, bereitstand. »Leute, bedient euch. Der Fisch ist taufrisch, wahrscheinlich zappelt er noch.«

Gut gelaunt lief Kalle von einem zum anderen, plauderte ein wenig, hörte sich den neuesten Klatsch an und nahm sogar noch Bestellungen für die bald kommenden Adventstage entgegen.

Willi stand mit ein paar weiteren Nachbarn in der Ecke und gestikulierte heftig. Er machte Kalle ein Zeichen, er möge sich mit ihm von den anderen Gästen etwas absondern.

»Was ist denn los?«, wollte Kalle wissen, als er die Tür zum Wohnzimmer hinter sich zugezogen hatte.

Willi deutete zur Straße. »Du solltest mal da raus gehen. Dein Schwager ist gerade ausgerastet.«

»Herman?« Ungläubig öffnete Kalle die Haustür. »Was macht er denn da?«

»Jetzt geh schon hin.« Entschlossen schob ihn der Nachbar zur Tür hinaus. »Der schlägt dem Bruno von gegenüber noch alle Zähne aus dem Maul.«

Wütend stürzte Kalle, gefolgt von Willi, nach draußen. Er zog den gebeugt über eine Gestalt am Boden liegenden Herman weg und schlug ihm heftig gegen den Kopf. »Hast du noch alle Latten am Zaun?«, schrie er. »Ich habe Gäste und du führst dich auf wie ein Rambo.« Er gab Herman noch einen Stoß und beugte sich zu Bruno herunter. »Was ist mit dir?«

»Nix, es is nix«, stammelte der junge Mann und versuchte unbeholfen aufzustehen. »Alles in Ordnung.« Fahrig klopfte er sich etwas Schmutz von seiner Hose und wollte das Weite suchen.

»Nix da«, rief Kalle und krallte sich in seinem Ärmel fest.

Herman, fest im Klammergriff von Willi, starrte nur benommen vor sich hin.

»Du hast getrunken«, stellte Kalle fest und sah seinen Schwager streng an.

»Nur een Lütten«, sagte Herman und versuchte, sich zu befreien.

»Also, warum veranstaltet ihr hier so einen Hahnenkampf?« Breitbeinig, mit verschränkten Armen, stand Kalle jetzt zwischen Herman und Bruno und blickte beide finster an. »Ich warte auf eine Erklärung, Jungs!«

Herman räusperte sich. »Bruno hat behauptet, Beate hätte … sie hätte etwas mit dem Mord an Motje Baumann zu tun.«

»Bruno, stimmt das?« Bonhuis wandte sich jetzt an den jungen Mann. »Hast du so einen Mist behauptet?«

Empört sah dieser in die Runde. »Erzähl doch keinen Scheiß, Herman. Ich habe nur gesagt, dass ich gehört habe, wie jemand gesagt hat, dass Beate wahrscheinlich etwas mit der toten Frau am Deich zu tun hat. Wegen eurem Kind damals und so.«

Willi schlug sich die flache Hand an seine Stirn. »Und wegen so einem dummen Geschwätz prügeln sich zwei erwachsene Männer? Ich fasse es nicht.«

Kalle raufte sich die Haare. »Ich werde noch verrückt«, rief er. »Meine Schwägerin hat nichts damit zu tun, und ihr Dösköppe solltet nicht auf so ein Gesabbel hören.« Er griff Herman am Arm. »Bruno, du verziehst dich wohl besser, und du kommst mit in die Küche. Veronika kann dir einen starken Kaffee machen.«

Widerwillig folgte Herman Arians seinem Schwager.

Veronika schlug entsetzt die Hände zusammen. »Was ist denn jetzt schon wieder los?« Sie zog Herman in die Küche und schickte ihren Mann wieder zu seinen Gästen.

Sie stellte den Wasserkocher an, nahm den löslichen Kaffee aus dem Schrank und gab zwei gehäufte Löffel in einen Kaffeepott. »Den trinkst du jetzt«, befahl sie, goss das sprudelnde Wasser über das Pulver und stellte die Tasse vor ihren Schwager hin.

Zögerlich nippte der Postbote an dem heißen, bitteren Getränk. »Es tut mir wirklich leid, aber als der Typ so eine Scheiße von sich gegeben hat, habe ich rotgesehen.«

Veronika nickte. »Ja, wir sind alle ein bisschen durcheinander, aber so etwas bringt doch niemandem etwas.«

»Ich weiß doch, aber es war …« Mit spitzen Lippen trank er aus der dickwandigen Tasse. »Wo ist Beate eigentlich? Ich muss unbedingt mit ihr sprechen.«

»Meinst du nicht, das hat Zeit bis morgen?«

»Nein, ich glaube, es ist besser, ich rede gleich mit ihr.« Herman ließ nicht locker. »Kannst du sie bitte mal holen?«

»Ich weiß nicht, wo sie ist«, musste Veronika zugeben. »Ich habe sie seit heute Morgen nicht mehr gesehen.«

»Hast du es auf ihrem Handy probiert?«

»Ja, aber das ist ausgeschaltet.« Veronika setzte sich neben Herman. »Wenn ich ehrlich bin, mache ich mir große Sorgen.«

»Nicht nur du.« Herman stellte die Tasse ab. »Seit der Geburt von unserer Kleinen ist Beate nicht mehr so wie früher.«

»Kein Wunder«, bemerkte Veronika. »Das muss man erst mal alles verarbeiten. Das ist sicherlich nicht leicht, vielleicht sogar unmöglich.«

»Die vielen Beruhigungstabletten, die Beate immer geschluckt hat, das ist doch auch gefährlich?« Sorgenvoll blickte der Postbote seine Schwägerin an.

»Gesund ist das nicht, aber ich denke, sie hat die gebraucht, um einigermaßen vernünftig leben zu können.«

Herman lachte sarkastisch. »Wenn es nur die Pillen gewesen wären, die unser Hausarzt ihr verschrieben hat, aber sie hat sich munter noch an allen möglich freiverkäuflichen Pillen bedient.«

»Das ist allerdings nicht gut«, sagte Veronika und überlegte, ob Beate jemals mit ihr über die Medikamente gesprochen hatte. »Ich würde vorschlagen, du gehst jetzt nach Hause. Ich nehme an, dass Beate bei einer Freundin übernachtet. Morgen wird sie sicher wieder auftauchen.«

Herman nickte und stand auf. »Ruf mich sofort an, wenn du etwas von ihr hörst. Ich mache mir große Sorgen.«

»Versprochen.« Veronika begleitete ihren Schwager zur Haustür. Nachdem sie diese hinter ihm geschlossen hatte, blieb sie einen Moment stehen und lauschte den Stimmen im Wohnzimmer. Jemand schien Witze zu erzählen, denn ein paarmal schwollen die Lachsalven an. Jemand rief: »Noch einen.«

Leise stieg sie in den ersten Stock hinauf und betrat das Badezimmer. Sie öffnete den Spiegelschrank über dem Waschbecken. Ja, es war genauso, wie sie vermutet hatte. Alle Beruhigungs- und Schmerzmittel, die sich in der Hausapotheke der Familie Bonhuis befunden hatten, waren weg.

***

Am nächsten Morgen gegen zehn Uhr bemerkte der Strandkorbvermieter Tjark Hecht, dass die Tür zu seinem Winterlager offen stand. »Verflixt noch einmal«, schimpfte er und lief eilig über den Hof seines Hauses. Er wollte gerade die Schuppentür wieder verschließen, als ihn ein Geräusch innehalten ließ. Er schloss die Augen und lauschte. Hatte sich schon wieder die Katze der Nachbarin in einen seiner Strandkörbe, die hier überwinterten, verkrochen? Tjark konnte das überhaupt nicht leiden, denn wenn die Körbe später nach Katzenpisse rochen, war es unmöglich, sie noch an die Gäste im nächsten Sommer zu vermieten.

Er riss wütend die Tür ganz auf, klatschte in die Hände. »Du Mistvieh. Hau ab, sonst ziehe ich dir das Fell über die Ohren.«

Er blieb ruhig stehen und wunderte sich, dass nicht wie sonst die Katze an ihm vorbeirannte und das Weite suchte. »Was für 'ne Scheiße«, ärgerte er sich laut und begann, jeden einzelnen Strandkorb zu inspizieren.

Im Strandkorb Nummer 445 fand er die bewusstlose Beate Arians, die röchelnd auf dem Sitz lag.

***

Am Mittag des gleichen Tages klopfte Insa an das Küchenfenster von Tante Wilmas Haus. Hinrich stand am Herd und winkte der jungen Frau hereinzukommen.

»Ist Janneke da?« Sie warf ihre Jacke auf den Stuhl. »Man hat Beate Arians gefunden.«

»Wer ist das denn?« Hingebungsvoll wendete Hinrich den Rinderbraten, der in der Kasserolle schmorte. »Müsste ich die kennen?«

»Keine Ahnung, aber das ist die Ehefrau von dem Postboten, der die tote Frau am Deich …«

Die Küchentür hatte sich geöffnet und Janneke stand, gehüllt in einen Bademantel und ein Frotteehandtuch um den Kopf geschlungen, in der Tür. »Insa, ist was passiert?«

»Ich dachte, das würde dich interessieren. Man hat Beate Arians bewusstlos aufgefunden.«

»Die Frau vom Postbüddel?«

Insa nickte. »Das ist doch die Frau, die Motje Baumann damals verklagt hat, nachdem sie bei der Geburt ihr Kind verloren hatte.«

»Und was ist jetzt mit ihr?«

»Ich weiß es nur von Gesa Hettinga, dass man sie aufgefunden hat. Ob das allerdings so stimmt, weiß ich auch nicht genau. Gesa hat ihre Ohren überall und weiß immer alles. Sie soll bewusstlos bei Tjark im Schuppen gelegen haben.«

Janneke ließ sich auf einem der Küchenstühle nieder und seufzte. »Und wer ist jetzt wieder Tjark?«

»Tjark Hecht ist der örtliche Strandkorbvermieter hier in Harlesiel. Beate lag in einem seiner Strandkörbe, die er im Winter in seinem Schuppen abstellt.«

»Hoffentlich wird sie wieder gesund«, mischte sich Hinrich in das Gespräch der beiden Frauen ein. »Vielleicht hat sie sich nicht wohlgefühlt und wollte sich nur einen Moment ausruhen?«

»Aber dafür geht doch niemand in einen Schuppen. Sie hätte jemanden anrufen können oder jemanden auf der Straße bitten können, ihr zu helfen«, wandte Janneke ein. »Bemerkenswert ist das schon, dass sie an so einem abgelegenen Ort aufgefunden wurde. Vielleicht hat sie doch etwas mit dem Mordfall zu tun? Immerhin hatte Beate Arians das stärkste Motiv, der Hebamme etwas anzutun.« Sie zog den Gürtel ihres Bademantels fester zu. »Wo ist Tante Wilma denn?«

»Beim Arzt«, erteilte Hinrich seiner Nichte Auskunft. »Sie hat gesagt, wir sollen nicht mit dem Essen auf sie warten. Es könnte etwas länger dauern.«

»Wir werden ja sehen, wann sie wiederkommt«, erklärte Janneke. »Und wie läuft es bei euch drüben? Hat sich deine Schwester noch mal gemeldet?«

Insa schüttelte den Kopf. »Nein, bei mir jedenfalls nicht. Ich will nachher mal Tante Rika fragen, ob sie etwas gehört hat. Sie hat eigentlich einen guten Draht zu Vera und verpetzt sie auch nicht bei meiner Mutter.«

»Wilma kommt«, rief Hinrich. Ein Taxi hielt vor dem Haus und die Seniorin stieg aus. Janneke eilte zur Haustür und ließ Tante Wilma herein. »Das ging aber schnell.«

»Oh Gott«, stöhnte Wilma, schälte sich aus ihrem Wintermantel und ging in die Küche, wo sie sich auf das Küchensofa fallen ließ. »Janneke, kannst du mir einen Likör aus der Stube holen? Ich brauche jetzt eine Stärkung.«

Hinrich ließ den Kochlöffel sinken. »Du hast doch wohl keine schlechten Nachrichten von deinem Arzt bekommen?«

Wilma schüttelte den Kopf. Beherzt leerte sie das Glas, welches ihr Janneke hingehalten hatte.

»So, jetzt ist es besser.« Ihr Gesicht war gerötet, aber sie wirkte entspannter. »Ihr habt es sicher schon mitbekommen, dass man die arme Beate aufgefunden hat. Ich war gerade beim Doktor in der Praxis, als zwei Typen hereingeschneit sind. Ich glaube, die waren von der Polizei. Der eine hat einen Ausweis vorgezeigt und beide sind dann mit der Sprechstundenhilfe ins Hinterzimmer gegangen. Alle Patienten, die wie ich im Flur auf den Stühlen vor dem Sprechzimmer saßen, haben sich natürlich die Köpfe verrenkt. Kurz darauf ist der Doktor ebenfalls mit wehenden Fahnen ins Hinterzimmer gerannt.«

»Das ist ja spannend. Und was ist dann passiert?«, wollte Insa wissen und wagte kaum, Luft zu holen. Janneke war ebenfalls ganz Ohr.

»Keine zehn Minuten später sind die beiden Männer wieder raus. Der eine hatte einen Ordner in der Hand.«

»Vielleicht eine Krankenakte?«, vermutete Insa. »Von Beate?«

»Aber die Krankenakten werden ja heute alle digital geführt«, überlegte Janneke. »In den realen Akten liegen ja nur noch Gutachten, Bescheinigungen oder ähnliche Papiere. Es gab eventuell einen ganz anderen Grund für den Besuch der Polizei.«

»In diesem Fall handelt es sich wirklich um Beate Arians. Das kann ich bestätigen«, trumpfte Wilma jetzt auf. »Als die Männer nämlich weg waren, hat mich die kleine Marika zum Blutdruckmessen mit ins Labor genommen. Ich habe natürlich gleich gefragt, was das denn auf sich hatte mit den beiden Männern.«

»Und hat sie was gesagt?«

Wilma nickte. »Marika hat mir verraten, natürlich unter dem Siegel der absoluten Verschwiegenheit, dass Beate kurz nach ihrer Einlieferung heute Vormittag im Krankenhaus verstorben ist und man so schnell wie möglich die Ermittlungen aufnehmen möchte, da es sich um ein Verbrechen handeln könnte.«

»Auweia«, stieß Janneke hervor. »Tante Wilma, kannst du nicht mal bei Justus anrufen und fragen, ob er nicht mal wieder vorbeikommen möchte?«

17. Kapitel

Mit zusammengekniffenen Augen stand Fokko Tapper in der Tür seiner Werkstatt und sah Kalle Bonhuis' Lieferwagen entgegen, der mit qualmenden Reifen auf seine Auffahrt fuhr und abrupt zum Stehen kam.

»Hast du einen Knall?« Der Rentner schüttelte den Kopf. »Stell dir mal vor, hier hätte gerade jemand gestanden.«

Wütend riss der Unternehmer die Fahrertür auf. »Nerv mich nicht«, stöhnte er. »Ich hab's satt bis obenhin. Zwei meiner Angestellten sind krank, Veronika ist im Krankenhaus bei ihrer Schwester und ich weiß nicht, wo mir der Kopf steht.«

»Also meine zwei Kisten Wasser und den Kasten Bier hättest du auch gerne morgen bei mir vorbeibringen können«, meinte Fokko und nickte gönnerhaft. »Von mir aus hättest du langsam machen können.«

Kalle riss die hintere Tür auf, nahm drei Kisten heraus und bugsierte sie, eine nach der anderen, in Fokkos Werkstatt. »Jetzt brauche ich eine Pause«, stöhnte er und ließ sich auf den Treppenstufen des Hauses nieder.

»Wollen wir nicht reingehen?«, schlug Fokko vor. »Hier ist es saukalt.«

»Okay«, nuschelte Kalle und erhob sich. »Gehen wir in die Werkstatt.« Er folgte Fokko und schloss hinter sich die Tür. »Hier geht's ja mit der Wärme.«

Fokko hatte bereits zwei Flaschen Bier geöffnet und reichte Kalle eine davon.

Der Inhaber des Supermarktes setzte die Flasche an und trank den größten Teil davon in einem Zug. »Jetzt geht es mir besser.« Er rülpste diskret und stellte die Flasche neben sich auf den Boden.

»Was ist denn eigentlich passiert?«

»Beate war seit gestern Morgen nicht mehr zu Hause gewesen. Veronika hat die vergangene Nacht kein Auge zugemacht. Und heute Morgen hat Tjark Hecht sie in seinem Lager gefunden.« Kalle zog sein klingelndes Telefon aus der

Tasche. »Ja?« Sein Gesicht verfinsterte sich. »Ja, ich komme gleich.« Betont langsam drückte er die rote Taste.

»Was ist denn?« Fokko lehnte sich an seine Werkbank.

»Sie ist tot«, raunte Kalle. »Veronika sagt, dass sie wohl zu viele Medikamente genommen hat.«

»Selbstmord?«

»Keine Ahnung«, meinte Kalle. »Alle Pillen aus unserem Badezimmerschrank sind weg. Die hat Beate wahrscheinlich mitgenommen.« Laut stöhnte er auf. »Ich habe meiner Frau versprochen, ins Krankenhaus zu kommen. Sie ist fix und fertig.«

»Schöner Mist.«

»Das kannst du laut sagen.« Kalle sah sich in der Werkstatt um. »Ich habe noch niemals einen so pedantisch aufgeräumten Arbeitsraum gesehen.« Er pfiff bewundernd durch die Zähne. »Bei mir liegt alles wie Kraut und Rüben durcheinander. War das immer schon so bei dir? Ich kann mich daran erinnern, dass es früher etwas wüster hier ausgesehen hat.«

Langsam schlenderte Fokko an den Regalen entlang und zeigte auf das Wandbrett, wo alle Werkzeuge akkurat nebeneinander hingen. »Ich hatte in den vergangenen Tagen viel Zeit, hier aufzuräumen. Einiges habe ich entsorgt und die anderen Sachen neu sortiert und geordnet.«

»Weggeworfen? Man wirft doch kein Werkzeug weg«, empörte sich Kalle. »Zu Hause habe ich noch Sachen von meinem Großvater. Alles noch tipptopp in Ordnung.«

»Kann ja sein, aber die Holzwerkzeuge werden doch sehr beansprucht, da geht schon mal was über die Wupper.«

»Du wirst schon wissen, was du tust.« Mühsam bückte sich Kalle und griff nach der Bierflasche. Nachdem er den Rest getrunken hatte, stellte er die Flasche in den Kasten zurück und wischte sich mit dem Jackenärmel den Mund ab. »Nix hält ewig, immer ist was anderes.« Er winkte Fokko nur kurz zu und verließ dessen Werkstatt.

***

»Es ist so«, stellte Kommissar Varel fest und sah Janneke an, »eigentlich dürfte ich dir das alles gar nicht erzählen.« Er saß mit der jungen Frau in Tante Wilmas Küche bei einer Tasse Tee.

»Weiß ich doch«, meinte sie, »aber du hast schon so viel gesagt und bald wird das sowieso alles an die Öffentlichkeit kommen. Jetzt sag schon, was war mit Beate Arians?«

»Sie ist an einem tödlichen Medikamentencocktail gestorben. Man fand verschiedene Beruhigungs- und Schmerzmittel in ihrem Blut. Dazu hatte sie noch Alkohol getrunken. Es handelt sich nach unseren jetzigen Erkenntnissen um Selbstmord.«

»Wieso hat die Polizei die Krankenakten eingesehen, sobald sie verstorben war? Tante Wilma hat gestern mitbekommen, wie deine Kollegen bei Beates Hausarzt waren.«

»Das habe ich veranlasst. Mir erschien sofort ein Selbstmord sehr wahrscheinlich, denn Beate Arians hatte das stärkste Motiv für den Mord an Motje Baumann und kein Alibi. Ich wollte aber sichergehen, dass wir nichts übersehen, und wir sind deshalb alle Befunde und Berichte durchgegangen, die uns der Doktor überlassen hat.«

»Und was stand in den Krankenakten?«

»Sie hatte schon jahrelang Schlaf- und Beruhigungsmittel konsumiert. Und wie mir ihre Schwester mitgeteilt hat, hat sie sich auch mit anderen Medikamenten aus der Apotheke eingedeckt. Dazu kam dann noch regelmäßiger Alkoholkonsum. Das hält ein Körper nicht lange aus.«

»Ist es möglich, jemandem eine tödliche Dosis Tabletten zu verabreichen, ohne dass derjenige das merkt?«

Justus überlegte einen Moment. »Das ist durchaus möglich, aber ich denke, sie hat sich selbst das Leben genommen.«

»Vielleicht ist sie mit ihrer Schuld nicht fertiggeworden. Immerhin ist es ja möglich, dass sie die Täterin ist«, überlegte Janneke.

»Genau. Und deshalb haben wir bereits das ganze Haus des Ehepaares Arians auf den Kopf gestellt, aber keine Tatwaffe oder Ähnliches gefunden. Ebenso die Wohnung ihrer Schwester wurde durchsucht. Nichts.«

Varel stützte sich am Tisch ab und stand auf. »Ich glaube, ich habe mir was eingefangen. Mein Hals ist wie ein Reibeisen.«

»Willst du noch auf Tante Wilma warten?«

Er schüttelte den Kopf. »Ich geh lieber.«

»Ja, dann gute Besserung«, wünschte Janneke. »Vielleicht solltest du dich ein paar Tage ausruhen?«

»Mal sehen. Und was ist mit dir? Bleibst du noch in Harlesiel?«

»Wahrscheinlich fahre ich bald wieder nach Hause. So lange wollte ich eigentlich gar nicht bleiben, aber dann ist ja das mit der Hebamme passiert.« Sie schmunzelte. »Ich habe es nicht fertiggebracht, einfach zu verschwinden. Jetzt warte ich nur noch darauf, dass ich noch mal in das Geburtshaus gehen kann. Mein Gefühl sagt mir, ich sollte das tun. Du kannst es auch einfach Neugier nennen.«

»Ich habe dir ja versprochen, dir Bescheid zu sagen, aber du wirst enttäuscht sein. Da ist überhaupt nichts.«

»Ich würde trotzdem gerne da rein«, sagte Janneke. Sie begleitete Justus zur Tür und sah ihm nach, wie er schwerfällig in sein Auto stieg. Sie schloss die Haustür und lehnte sich dagegen. Es war zu ärgerlich, dass sie nicht mehr in diesem Mordfall erreichen konnte.

***

Die letzten drei Tage hatte Wilko Schmidt an nichts anderes gedacht als an die Tatsache, dass er sich nicht mehr sicher war, ob Christa wirklich die Frau war, die er zu kennen glaubte.

Die Geschichte mit dem Ultraschallbild, welches der werdende Vater lächelnd in die Kamera gehalten hatte, zeigte ihm, dass Christa sehr verletzt sein musste. Warum hatte sie nie mit ihm darüber gesprochen?

Alles hatten sie sich erzählt, jede Jugendsünde, über Irritationen mit Kollegen und über Freundschaften, die bereits Geschichte waren.

Auch wenn er sich als Mann nicht unbedingt in die Situation einer betrogenen Frau reinversetzen konnte, so kannte er seine

Lebensgefährtin doch so gut, dass er wusste, dass sie nichts auf die leichte Schulter nahm.

Er sah auf die Uhr. Christa war mit einer Freundin nach Oldenburg gefahren. Ganz fest nahm sich Wilko vor, endlich mit ihr zu reden, sobald sie zurückgekehrt war.

Um sich abzulenken, räumte er die Putzmittel unter der Spüle raus und machte sich am Abfluss zu schaffen, der schon seit geraumer Zeit undicht war. In der Zeit, in der er alleine in dem Haus gelebt hatte, war er zwar manchmal einsam, aber dafür ohne schwere Gedanken und Zweifel an seiner Menschenkenntnis gewesen.

Plötzlich fing er fürchterlich an zu schwitzen. Konnte es sein, dass er Christa total falsch eingeschätzt hatte? Er warf das Werkzeug hin und stand auf. Es nutzte alles nichts, er musste mit ihr reden. Dies war zwingend notwendig, wenn er auch in Zukunft weiter mit ihr zusammenleben wollte.

In diesem Moment wurde die Haustür geöffnet, und Christa stand kurz darauf in der Küchentür. »Was veranstaltest du denn hier?«

Er zuckte mit den Schultern. »Ich habe gedacht, ich kümmere mich mal um den Abfluss.« Er nahm Christa am Arm. »Aber erst müssen wir reden.«

Erschrocken sah sie ihn an. »Was ist denn los? Über was müssen wir reden?«

»Setz dich doch«, bat er mit ernster Miene. »Es geht um die Sache mit der Hebamme.«

Widerwillig setzte sie sich hin. »Was ist denn damit?«

Umständlich räusperte er sich. »Als die beiden jungen Frauen da waren, Insa und die andere …«

»Ihre Freundin Janneke.«

Er nickte. »Da hast du doch erzählt, dass Frau Baumann dir gesagt hatte, dass sie mit Fokko … also das Bild … dass sie von ihm ein Kind erwartet hatte.«

»Ja, das habe ich erzählt. Eigentlich wollte ich das nicht, aber jetzt wisst ihr Bescheid.«

Sie wollte sich gerade wieder erheben, als Wilko sie wieder auf den Stuhl drückte. »Du und Fokko, ihr wolltet keine Kinder?«

Empört wehrte Christa seine Hand ab, die immer noch auf ihrem Arm lag. »Was soll das jetzt?«

»Beantworte doch einfach meine Frage.« In seiner Stimme lag eine ihr unbekannte Schärfe.

»Gut, wenn du es genau wissen willst, wir konnten keine Kinder bekommen. Mein Frauenarzt hat mir das schon zu Beginn unserer Ehe mitgeteilt.« Mit einer heftigen Bewegung zog sie ihren Arm weg. »Reicht das jetzt?«

»Du hättest aber gerne ein Kind gehabt?«

»Ja«, erwiderte sie trotzig.

»Und Fokko?«

»Ihm war das egal«, gab Christa zu. »Ihm war das nicht so wichtig. E hat gesagt, er kann auch gut auf ein eigenes Kind verzichten.« Sie boxte Wilko auf den Arm. »Jetzt hör auf damit. Was soll das alles?«

Er ließ nicht locker. »Dann muss es dich doch sehr hart getroffen haben, als du auf dem Foto gesehen hast, wie glücklich er als werdender Vater gewesen ist.«

Christa sprang auf und schlug ihm ins Gesicht. »Warum quälst du mich so?«, schrie sie. »Ich glaube, es war ein Fehler, dass ich hier in dein Haus gezogen bin.« Sie drehte sich um und stürmte aus der Küche.

Verdutzt rieb sich Wilko seine Wange. Ihm wurde plötzlich bewusst, dass es möglich war, dass er mit einer Mörderin unter einem Dach lebte.

18. Kapitel

»Echt schade, dass ihr schon wegmüsst«, jammerte Insa und drückte Jannekes Hand. »Ich hatte mich gerade daran gewöhnt, eine Freundin zu haben.«

»Also Leer und Harlesiel sind ja nicht so weit auseinander.« Tante Wilma saß am Tisch und verdrückte ein paar Tränchen. »Mit dem Auto ist das doch keine große Sache.«

»Finde ich auch. Wir können uns treffen, wann immer wir wollen«, tröstete Janneke die Nachbarstochter.

»Jetzt macht nicht so ein Geheule.« Hinrich stand in Hut und Mantel in der Küchentür. »Wir sollten los«, drängelte er und machte eine ungeduldige Bewegung. »Es wird bald dunkel.«

»Ja doch, ich mach ja schon.« Janneke nahm noch einmal Insa in den Arm. »Wir schreiben und telefonieren. Ich muss doch wissen, wie es deiner Schwester geht.«

»Sie kommt noch heute Abend zurück. Ich fahre gleich zum Flughafen nach Bremen. Aber du wolltest doch noch mal unbedingt in das Geburtshaus?«, versuchte Insa Vaartmann, ihre Freundin zu überzeugen, doch noch zu bleiben.

Janneke zuckte mit den Schultern. »Justus hat sich bis jetzt noch nicht gemeldet. Wer weiß, wann das möglich wäre. Das dauert mir alles zu lange. Ich habe ein paar Termine in Leer. Außerdem bin ich mit der Arbeit an meinem Manuskript im Verzug. Es ist also besser, jetzt nach Hause zu fahren.«

»So, jetzt ist Schluss«, rief Hinrich. »Wilma, ich habe dir noch ein paar Rouladen eingefroren. Das Dach am Schuppen ist auch dicht. Spätestens im Frühjahr kontrolliere ich das noch einmal.«

Er bückte sich und nahm seinen Koffer hoch. »Janneke, wo ist deine Tasche?«

»Alles schon im Auto«, antwortete sie und verließ mit Hinrich das Haus. Sie drehte sich noch einmal um und winkte Wilma und Insa zu, die in der Haustür standen. »Ich melde mich«, versprach sie und bestieg ihr Auto.

»Saukalt hier drin«, meckerte Hinrich. »Ich mach mal die Heizung an.«

»Aber nicht so doll. Ich schwitze mich sonst kaputt.«

»Du könntest deinen Mantel ausziehen«, schlug er vor. »Dann wäre dir geholfen.«

Kopfschüttelnd startete sie den Motor, winkte den jetzt am Küchenfenster stehenden Frauen noch einmal zu und fuhr davon.

»Ich geh gleich mal zu Jan rüber, wenn wir zu Hause sind.« Hinrich wickelte ein Hustenbonbon aus und schob es in den Mund. »Der wird froh sein, wenn ich wieder da bin.«

»Meinst du, er freut sich, wieder mit dir Schnaps zu trinken?« Janneke dachte an die vielen Stunden, die Hinrich und der Nachbar Jan zusammengesessen, von alten Zeiten geredet und dabei den einen oder anderen Sanddornschnaps konsumiert hatten.

Hinrich grinste. »Klar kann er das alleine, aber zu zweit ist das doch viel unterhaltsamer.«

»Wir sind ja bald zu Hause und dann kannst du …« Sie unterbrach sich und betätigte die grüne Taste ihres Telefons an der Freisprechanlage, welches mit melodischen Tönen einen eingehenden Anruf anzeigte. »Hoogestraat?«

»Hier ist Justus, Justus Varel.« Die Verbindung war schlecht. »Was machst du gerade?«

»Ich bin gerade dabei, wieder nach Hause zu fahren.«

»Also, es ist so. Du könntest noch heute Abend ins Geburtshaus, wenn du immer noch willst. Der Vermieter beginnt morgen früh mit dem Ausräumen. Du musst dich beeilen.«

»Gibt es denn dort noch Strom? Es ist ja schon dunkel.«

»Ja, der Strom wurde nie abgemeldet.«

»Das ist gut, aber wie komme ich rein? Es ist doch sicher abgeschlossen?«

»Wir könnten uns dort treffen. Ich habe noch den Schlüssel zu dem Geburtshaus, den wir bei der Toten gefunden haben. Ich habe aber keine Ahnung, was du dort zu finden hoffst. Unsere Leute haben tagelang alles von unten nach oben gedreht und nichts Besonderes gefunden.«

»Halte mich nicht für bescheuert, aber ich weiß genau, dass dieses Haus etwas mit dem Fall zu tun hat.« Sie wehrte Hinrich mit einer Handbewegung ab, der gerade Einspruch erheben wollte. »Ich bin gleich da.«

»Deine Neugier geht mal wieder zu weit«, jammerte Hinrich. »Was willst du denn da?«

»Warte ab, es dauert ja nicht lange« beschwichtigte Janneke ihren Onkel.

Justus Varel wartete schon vor dem Haus.

»Danke, dass du mich angerufen hast. Wir wollten heute Abend noch zurückfahren nach Leer.«

»Moin«, brummte Hinrich. »Meine Nichte lässt nie locker, also ist es besser, sich zu fügen.« Achselzuckend sah er den Kommissar an.

»Gut, dann gehen wir mal rein.« Umständlich öffnete er die Haustür. »Der Vermieter beginnt morgen früh um sieben damit, das Haus leer zu räumen. Da Frau Baumann keine Erben hinterlassen hat, kommt das ganze Zeugs zum Sperrmüll.«

Der Kommissar betätigte den Lichtschalter neben der Eingangstür. Grell flammte eine Deckenleuchte auf. Janneke schlenderte langsam durch die Räume im Erdgeschoss. Die Vitrine im Flur, die Entbindungsbetten, all das hatte sie ja schon bei ihrem ersten Besuch gesehen. Im Büro fehlte der Computer, die Schubladen der Aktenschränke standen zum Teil offen und die Wandregale waren leergeräumt. Sie zeigte auf die Holztreppe, die ins Obergeschoss führte. »Ich sehe mich oben mal um.«

»In Ordnung. Wir warten hier unten«, meinte Justus. »Sagen Sie«, wandte er sich jetzt an Hinrich. »Wie ist das eigentlich, wenn …«

Den Rest des Satzes hörte Janneke nicht mehr. Sie stieg die knarzende Holztreppe nach oben und schaltete das Licht in dem kleinen Flur an. Unschlüssig sah sie sich um. Dann öffnete sie eine Tür nach der anderen. Es gab ein kleines Wohnzimmer, eine gemütliche Küche und ein winziges Schlafzimmer. Das Bad war fensterlos. Janneke öffnete ein paar Schränke. In der Küche stand noch das Geschirr auf den

Regalböden, im Schlafzimmer hingen noch die Kleider der Verstorbenen. Eigentlich sah alles so aus, als wäre die Bewohnerin nur kurz weg. Und das alles wird jetzt entsorgt, dachte sie. Dinge, die einen Menschen jeden Tag umgeben hatten, Sachen die er gehegt und gepflegt hatte, landeten zwischen Abfall und Müll.

Was hatte sie sich davon versprochen, sich hier umzusehen? Genau wusste Janneke das auch nicht. Vielleicht war es auch nur der Anspruch an sich selbst, alles zu begutachten, damit ihr Weltbild vollständig war. Sie schaute sich noch ein wenig um, denn sie wollte wenigstens den Anschein wahren, dass sie berechtigterweise auf dieser Besichtigung bestanden hatte.

Nach ungefähr einer Viertelstunde beschloss sie, ihre Tour zu beenden, und schloss die Tür des Wohnzimmers, wo sie sich gerade aufgehalten hatte, hinter sich.

Janneke hielt inne, als sie in den Flur kam und nach oben blickte. Eine flache viereckige Deckenleuchte aus milchigem Glas erhellte den Flur nur mäßig. Aber etwas anderes zog die Aufmerksamkeit der jungen Frau auf sich. Im Schein der Birne hob sich ein kleiner, länglicher Gegenstand ab, der augenscheinlich im Inneren des Lampenschirms lag.

Eilig holte sie einen der Küchenstühle herbei, streifte ihre Schuhe ab und aktivierte die Taschenlampenfunktion ihres Handys. Sie löschte das Licht und stieg auf den Sitz des Stuhls. Mit der Hand griff sie in den Glasschirm und zog den Gegenstand heraus. Mit Verwunderung stellte sie fest, dass es sich um einen USB-Stick handelte. Bei einer herkömmlichen Birne wäre der Datenträger sicher durch die Wärme in Mitleidenschaft gezogen worden. Die moderne LED-Birne hingegen eignete sich als Versteck. Janneke stieg vom Stuhl und wog den kleinen Stick in der Hand. Wenn jemand etwas vor allen anderen verbarg, konnte es sich nur um ein Geheimnis handeln.

So schnell sie konnte, schlüpfte sie in ihre High Heels und rannte nach unten. »Ich muss zum Auto«, rief sie und rannte raus. Justus folgte ihr achselzuckend, während Hinrich nur laut aufstöhnte.

Janneke schloss ihr Auto auf, nahm den Laptop vom Rücksitz und startete ihn.

»Was ist denn mit dir los?« Verwundert hatte sich Varel auf den Beifahrersitz gesetzt.

Hinrich lehnte am Auto und schüttelte den Kopf. »Immer etwas anderes«, murmelte er und schob sich ein weiteres Hustenbonbon in den Mund.

Janneke schob den Stick in den USB-Anschluss ihres Computers und öffnete die Datei. Sie beugte sich etwas nach vorne und begann zu lesen.

»Das ist ja ein Ding«, murmelte sie.

Justus renkte seinen Hals, um auf den Bildschirm sehen zu können. »Was hast du denn da gefunden?«

Sie drehte den Laptop ein wenig zur Seite und legte ihren Finger auf eine Stelle auf dem Bildschirm. »Siehst du die Datumsangabe hier unten?«

Verblüfft betrachtete Justus die Datei auf dem Bildschirm. »Volltreffer.«

»Ich glaube«, entgegnete Janneke, »wir haben ein Mordmotiv gefunden. Und soviel ich auf die Schnelle sehen kann, hat alles vor dreißig Jahren begonnen.«

***

Tante Wilma staunte nicht schlecht, als Janneke und Hinrich, zusammen mit Justus, wieder vor der Haustür standen. »Ich freue mich ja, euch zu sehen, aber so schnell hatte ich nicht damit gerechnet.«

Hinrich warf seinen Mantel über den Küchenstuhl und stellte den Wasserkocher an. »Ich brauche jetzt een Kopke Tee.«

»Und wir gehen mal rüber zu den Nachbarn«, informierte Justus.

Auf ihr Klingeln am Nachbarhaus öffnete Rika van Gerpen die Tür. »Moin, ist Vera Vaartmann schon zurück?« Justus Varels Stimme klang sehr offiziell.

»Ja … also nein«, stotterte Rika. »Insa ist zum Flughafen gefahren, um sie abzuholen.«

Janneke trat einen Schritt vor. »Könnten wir eventuell hier warten? Es ist wirklich wichtig.«

»Rika, was ist denn los?« Hilde stand nun neben ihrer Schwester. »Was wollt ihr denn von Vera?«

»Wenn es Ihnen nichts ausmacht, könnten wir hier auf Ihre Tochter warten. Es ist wirklich sehr wichtig«, erklärte der Kommissar.

Widerwillig öffnete Hilde die Haustür ganz und ließ die Besucher eintreten.

»Was wollen Sie denn von Vera?«, wiederholte Hilde ihre Frage, als alle abwartend in der Küche saßen. »Ich wüsste jetzt nicht, was meine Tochter mit der Polizei zu tun haben soll.«

»Im Grunde genommen sind es nur ein paar Fragen«, versuchte Janneke zu erklären. »Sie sollten sich nicht aufregen.«

Justus nickte zustimmend, aber Frau Vaartmann sprang auf und lief aufgeregt in der Küche auf und ab. »Wir hatten noch nie die Polizei im Haus. Auch als mein Mann noch lebte, haben wir schließlich immer auf untadeligen Umgang mit allen Menschen, Behörden und sonstigen Institutionen geachtet. Deshalb ist es mir unverständlich, wieso jetzt jemand von der Polizei hier …«

»Hilde«, rief Rika und drängte ihre Schwester, sich wieder zu setzen. »Was machst du denn für einen Aufstand?« Sie deutete auf Janneke. »Insas Freundin ist auch dabei. Es kann doch gar nicht so schlimm sein.« Beruhigend tätschelte sie ihrer Schwester den Arm.

»Sie müssen schon entschuldigen«, sagte sie zu Justus und Janneke gewandt. »In letzter Zeit war alles ein bisschen viel. Meine Nichte Vera ist einfach ohne Erklärung bei Nacht und Nebel nach Spanien gereist. Meine Schwester hat sich deswegen sehr aufgeregt.«

»Ich kann das alles sehr gut nachvollziehen«, bestätigte Janneke. »Aber wir haben wirklich nur ein paar Fragen. Wann werden denn Insa und Vera zurückerwartet?«

Rika sah auf die Uhr, die über der Tür hing. »Sie müssten jeden Moment zurück sein.«

»Und deshalb halte ich es für besser«, forderte Hilde Vaartmann, »wenn Sie jetzt mein Haus wieder verlassen. Schließlich habe ich Sie nicht hergebeten und meine Familie hat Ihnen nichts zu vermelden.« Ihr Gesicht hatte jetzt hektische rote Flecken. »Absolut nichts haben wir Ihnen zu sagen und deshalb …«

»Lass es, Mama, es hat doch keinen Zweck mehr«, sagte Vera, die plötzlich in der Küchentür stand. »Wir müssen alles offenbaren.«

Verdutzt sah Insa von einer zur anderen. »Kann mir jemand mal sagen, was hier los ist?«

Hilde starrte ihre Tochter Vera mit zusammengekniffenen Augen an und legte beschwörend den Zeigefinger auf ihre zusammengepressten Lippen.

19. Kapitel

Dreißig Jahre zuvor

»Deine Tochter hat wohl nicht daran gedacht, was das für mich bedeutet?« Enno Vaartmann stand mit hochrotem Kopf vor seiner Frau. »Ihr tickt doch alle nicht mehr richtig.«

Hilde Vaartmann hatte ihren Mann noch nie so wütend gesehen. Nur mit Mühe konnte sie ihre Tränen zurückhalten. »Enno, es hat doch jetzt gar keinen Sinn, sich darüber aufzuregen. Was passiert ist, ist passiert.«

»Was passiert ist, ist passiert«, äffte er seine Frau nach, wobei sich seine Stimme überschlug. »Ihr wisst ja nicht, welche Konsequenzen es hat. Schließlich bin ich der Bürgermeister und kann mir so eine Schande nicht leisten.« Er ließ sich erschöpft in einen Sessel fallen. »Mein Herz … ich kann so eine Aufregung nicht vertragen.« Mit zitternden Händen öffnete er den obersten Knopf seines Hemdes und lehnte sich zurück.

»Ich hole dir ein Glas Wasser«, rief Hilde und lief in die Küche.

Rika saß am Tisch und pellte Kartoffeln ab. »Habt ihr Ärger?«

»Nein, Enno bekommt nur schlecht Luft. Das ist alles.« Sie nahm das gefüllte Glas und brachte es Enno.

Mit zitternden Händen legte er eine Tablette auf seine Zunge, trank das Wasser und legte den Kopf zurück.

Ängstlich betrachtete Hilde das blasse Gesicht ihres Mannes. Wie sollte sie die Aufregung um Vera nur von ihm fernhalten? »Besser?«

Enno nickte. »Ja, alles wieder im grünen Bereich.« Er atmete ein paarmal tief durch. Zwischen seinen Augenbrauen bildete sich eine tiefe Zornesfalte.

»Wo ist Vera eigentlich? Treibt sie sich immer noch rum?« Er hatte sich gerade hingesetzt und machte sich nicht die Mühe, seinen Ärger zu verbergen.

»Sie ist bei ihrer Freundin, müsste aber gleich zurück sein.« Hilde war um Gelassenheit bemüht. Sie kannte Enno, seine hitzigen Anfälle gingen meist schnell vorbei. »Bitte schrei unser Kind nicht so an. In ihrem Zustand ist das nicht gut.«

»Zustand?«, empörte sich Enno. »Wer nimmt denn auf meinen Zustand Rücksicht? Du weißt ganz genau, dass ich mich nicht aufregen soll. Die ganzen Strapazen im Rathaus sind schon genug. Das hier brauche ich nicht.«

Hilde wagte nicht zu antworten und saß die nächsten anderthalb Stunden abwartend und schweigend mit ihrem Mann im Wohnzimmer. Rika hatte sich inzwischen zurückgezogen und bekam nicht mit, dass Enno seine endlich heimgekehrte Tochter anbrüllte und ihr unterstellte, sie würde sein ganzes Lebenswerk versauen. »Und wer ist der Vater?«

Vera blickte stumm zu Boden und schwieg.

»Ich will wissen, wer der Vater ist!« Der Bürgermeister krallte seine Hände in die Sessellehne und blickte in Veras blasses Gesicht.

»Lass das Kind doch«, versuchte seine Frau, die Situation zu entschärfen. »Das ist doch jetzt zweitrangig.«

»Nun gut, darüber können wir uns später unterhalten«, lenkte er ein, um kurz darauf zu verkünden, dass Vera dieses Kind auf keinen Fall bekommen dürfte.

»Sowas mache ich nicht«, schrie Vera und hielt beide Hände schützend vor ihren Bauch. »Nie im Leben werde ich das Kind töten.«

Enno stellte sich vor seine Tochter und sah sie unnachgiebig an. »Du wirst tun, was wir dir sagen«, zischte er. »Hast du mich verstanden?«

Resigniert sah Vera zu Boden und schwieg.

20. Kapitel

»Du warst schwanger?« Insa saß da wie vom Donner gerührt. »Wieso hast du mir das nie erzählt?«

Justus, Janneke, Hilde Vaartmann und ihre Schwester saßen in der Küche am Tisch. Insa und Vera hatten sich auf die blaue Holzbank unter dem Fenster gesetzt und Hildes Worten gelauscht.

»Papa hat nicht lockergelassen«, erzählte Vera weiter. »Ihm kam es vor allen Dingen darauf an, dass niemand etwas von meinem Zustand mitbekommen würde. Tagelang sind wir schweigend aneinander vorbeigelaufen. Jeden Tag hat er mich gelöchert, wer der Vater des Kindes ist, aber ich habe nichts gesagt. Selbst wenn ich gewollt hätte, ich wusste es nicht. Es war auf der Klassenfahrt vier Monate vorher. Er hat gesagt, er heißt Luis. Meine Freundin und ich haben ihn in einem Schallplattenladen kennengelernt. Er sah gut aus und hat mich in eine Pizzeria eingeladen. Ja, und dann …«

»Ja, und dann warst du zu schusselig, daran zu denken, kein Kind zu bekommen«, giftete Hilde. Sie war blass und zuppelte nervös an einer Haarsträhne. »Wie kann man nur so leichtfertig sein?«

Insa fand endlich ihre Sprache wieder. »Hast du ihn gesucht?«

Vera nickte. »Ich habe es versucht, aber damals war das noch nicht so leicht. Es gab noch kein Internet. Ich denke, er hat mich auch angelogen. Ich habe in dem Schallplattenladen angerufen, aber ein Luis oder ein anderer junger Mann, auf den meine Beschreibung gepasst hätte, hat in dem Laden nie gearbeitet.«

»Und wie ging es dann weiter?«, wollte Janneke von Vera wissen.

»Ja, das war so. Eines Morgens hat mich mein Vater auf dem Weg zur Schule abgepasst. ›Ich habe die Lösung gefunden‹, hat er gesagt, ›niemand wird jemals von dieser ganzen Sache erfahren.‹«

»Das war das Wichtigste für ihn, aber auch für mich«, musste Hilde Vaartmann zugeben. »Ich wollte auch, dass die Geschichte so schnell wie möglich aus der Welt geschafft wird. Deshalb hat Enno Frau Baumann im Geburtshaus angerufen …«

***

Es war sehr heiß an diesem Julitag. Enno war müde und fühlte sich alt und schlapp. Die ganze Geschichte mit seiner Tochter zerrte an seinen Nerven. Er, der immer auf einen untadeligen Lebenswandel verweisen konnte, war schockiert über die Ereignisse in seiner Familie. Die Mitarbeiter im Rathaus und die Einwohner zollten ihm großen Respekt. Und jetzt erwartete seine Tochter mit fünfzehn Jahren ein Kind von irgend so einem dahergelaufenen Kerl.

Motje Baumann erwartete ihn bereits wie vereinbart in einem Café in Aurich. Enno kannte die Hebamme nicht näher, wusste aber, dass sie eine unkonventionelle Lebensanschauung hatte und die Dinge gerne anders beurteilte, als es der größte Teil der Mitmenschen tat.

»Frau Baumann?« Enno stand vor einer jungen Frau, die nach seinem Geschmack unpassend gekleidet war. Ihre Haare hatte sie zu mehreren kleinen Zöpfen geflochten. Das Kleid schien ehemals weiß gewesen zu sein und war jetzt übersät mit blauen Farbflecken. Sowas hatte er mal bei Vera gesehen, die ihm auf seine Nachfrage hin erklärt hatte, dass es sich dabei um Batik handelte.

»Herr Vaartmann«, lächelte sie. »Ja, Sie sind bei mir richtig.«

Enno nahm Platz, bestellte bei der herbeigeeilten Kellnerin einen Kaffee. Unschlüssig sah er sich um und wusste nicht, wie er beginnen sollte.

»Es handelt sich um Ihre Tochter?«, griff sie den Faden auf. »Wie sind Sie überhaupt auf mich gekommen?«

Er zuckte mit den Schultern. »Na ja, da Sie Hebamme sind, erschien es mir naheliegend, Sie zu kontaktieren.«

»Wenn man das so sieht, aber …« Sie unterbrach sich, da der Kaffee serviert wurde.

»Also, können Sie mir helfen?« Enno öffnete das kleine Milchdöschen und kippte den gesamten Inhalt in die Tasse.

»Wie weit ist denn Ihre Tochter?«

»Ich verstehe nicht ganz, was meinen Sie?«

»Ich wollte wissen, im wievielten Monat Ihre Tochter ist.«

Da war er überfragt. »Also weit kann es noch nicht sein, man sieht noch nichts.«

Motje Baumann wurde ungeduldig. »Ich muss das schon genau wissen.«

Um Zeit zu gewinnen, trank er fast die ganze Tasse leer. »Ist das denn wichtig?«

»Weiß Ihre Frau Bescheid?«, fragte die Hebamme nach.

Er nickte wortlos. »Rufen Sie sie an. Sie wird es wissen. Oder Sie könnten auch Ihre Tochter fragen. Hier im Café gibt es sicher ein Telefon.«

»Nein, nein, nicht meine Tochter«, wehrte er ab. »Warten Sie kurz, ich werde meine Frau anrufen.«

»Dann machen Sie das.« Genervt rollte Motje mit den Augen und sah zur Decke.

Nach ein paar Minuten kehrte Enno zurück und setzte sich wieder. »Meine Frau sagt, Vera ist im vierten Monat.«

»Viel zu spät«, flüsterte die Hebamme, »da kann Ihnen niemand mehr helfen.«

»Frau Baumann, hören Sie«, er beugte sich zu ihr rüber und berührte fast ihr Gesicht, »Sie sind meine einzige Hoffnung. Sie darf das Kind nicht bekommen.«

»Tut mir leid«, entgegnete Motje ungerührt, »ich bin für viele Sachen zu haben, aber dafür nicht.« Sie stand auf, legte ein Fünf-Mark-Stück auf den Unterteller ihrer Kaffeetasse. »Sie entschuldigen mich jetzt bitte.«

Enttäuscht sah ihr Enno nach, wie sie hüftschwingend das Café verließ.

21. Kapitel

»Du hast doch nicht etwa …?«, schrie Insa, sprang auf und zog Vera von der Bank hoch. »Du hast doch nicht etwa das Kind wegmachen lassen?«

Vera schüttelte den Kopf. »Nie im Leben hätte ich das machen können, obwohl Papa so darauf gedrängt hatte.«

»Dann hast du es zur Adoption freigegeben?«, hakte Insa nach.

»Sei still, Insa«, zischte Hilde. »Es hat sich schließlich alles noch gefügt.«

»Ich muss was tun«, stöhnte Rika, als sie plötzlich verstand, dass die Lügen der vergangenen Jahre nicht mehr zu verbergen waren. Sie stand auf und machte sich daran, eine große Kanne Ostfriesentee zuzubereiten. »Ihr macht mich noch alle irre.« Sie warf ihrer Schwester einen vorwurfsvollen Blick zu. »Du mit deinen großen Ansprüchen an deine Familie. Von wegen Ehrlichkeit und Anstand. Stattdessen hast du allen die Hucke vollgelogen.«

Besorgt sah Janneke, dass Rika van Gerpen auf einmal stark zitterte. Sie sprang auf. »Kommen Sie, setzen Sie sich wieder hin. Ich mache das.«

»Danke, das ist nett«, flüsterte die Seniorin und setzte sich wieder.

»Und was passierte dann?« Insa ballte die Fäuste.

»Ich weiß, was jetzt kommt, aber das wird euch nicht gefallen, ganz und gar nicht gefallen«, teilte Rika den Anwesenden mit düsterer Stimme mit. »Ihr werdet sehen, ihr werdet sehen …«

***

Als Enno an diesem Abend nach Hause kam, öffnete er eine Flasche Rotwein und setzte sich schweigend in seinen Sessel im Wohnzimmer. Hilde benötigte geraume Zeit, um ihrem

Mann die Einzelheiten des Treffens mit der Hebamme aus der Nase zu ziehen.

»Das ist das Ende«, flüsterte Ennos Frau anschließend. »Alle Welt wird das wissen, jeder wird mit Fingern auf uns zeigen, weil wir es nicht fertiggebracht haben, unsere Tochter anständig zu erziehen.«

Enno nickte zustimmend und schwieg.

Schlaflos wälzte sich das Ehepaar Vaartmann in der darauffolgenden Nacht in den Betten hin und her, während ihre Tochter Vera, froh, dass ihr Geheimnis gelüftet war, selig schlief.

Am nächsten Morgen, Rika war bereits zur Arbeit aufgebrochen, zitierte Enno Frau und Tochter in die Küche.

»Oberste Priorität ist es, dass niemand erfährt, welche Schande du über unsere Familie gebracht hast.« Unerbittlich sah er Vera an. »Deshalb haben deine Mutter und ich uns Folgendes überlegt. Sie wird die Mutter deines Kindes sein.«

»Was?« Vera verstand überhaupt nichts.

»Deine Mutter wird aller Welt verkünden, dass sie ein zweites Kind erwartet, und du wirst dich im Hintergrund halten.«

Hilde nickte zustimmend. »Das ist das Beste, was wir tun können.«

Vera war total zwiegespalten. Einerseits war sie froh, dass ihre Eltern ihr die Verantwortung für das Kind abnahmen, aber andererseits spürte sie, dass das ihr ganzes Leben verändern würde und sie es wahrscheinlich eines Tages bitter bereuen würde, diesem Plan zugestimmt zu haben.

»Aber Mama ist doch gar nicht … Und bei mir wird man es über kurz oder lang sehen.«

»Das haben wir auch schon durchdacht«, ergänzte Hilde die Ausführungen ihres Mannes. »Wir haben noch gut zwei Monate, bis deine Schwangerschaft deutlich sichtbar wird. Du musst dich eben dementsprechend kleiden und weite Sachen anziehen, damit man nichts ahnt. Was danach wird, müssen wir uns noch überlegen. Aber wir werden Kontakt mit Frau Baumann aufnehmen, sie wird uns sicher helfen, damit von dieser Sache nichts an die Öffentlichkeit kommt.«

Vera fügte sich zögerlich ihrem Schicksal.

22. Kapitel

Es war still in der Küche des Hauses Vaartmann, als Hilde ihre Erzählung beendet hatte.

Rika hatte sich wieder gefangen. Mit Mitgefühl dachte die Seniorin an die junge Vera, die vor dreißig Jahren unglücklich in ihrem Zimmer gesessen hatte und nicht wusste, was sie tun sollte. Es hatte eine Weile gedauert, bis Rika verstanden hatte, was die Offenbarung ihrer Schwester für die ganze Familie bedeutete. Auch die vielen Gespräche, die sie anschließend mit ihrer Nichte geführt hatte, konnten die Verzweiflung der werdenden Mutter nicht mindern. Rika dachte auch an die heftigen Streitgespräche mit Hilde und ihre eindringliche Warnung an diese, dass man dem Schicksal nicht so in die Parade fahren dürfe. In der Gegenwart Ennos hatte sie nie ein Wort darüber verloren und sich stattdessen stets zurückgezogen.

Vera fand als Erste ihre Sprache wieder. Sie wollte Insa, die neben ihr saß, in den Arm nehmen, aber diese wehrte heftig ab. »Lass das!«

»Insa, ich wollte nicht …« Vera nahm ihre Arme runter.

»Du wolltest nicht meine Mutter sein?«

»Ich wollte schon, aber die Umstände waren dagegen.« Hilflos sah Vera ihre Mutter an.

»Ich denke heute, dass es ein Fehler war«, gab Hilde zu. »Insa, es tut mir sehr leid, aber damals schien es mir und auch deinem Vater die beste Lösung zu sein.«

»Er ist nicht mein Vater, sondern mein Großvater«, stellte Insa verbittert richtig.

»Wenn ich mal etwas sagen darf«, mischte sich Janneke jetzt ein. »Ich denke, dass es für Insa ein riesengroßer Schock gewesen ist, und sie wird sicher lange daran zu knabbern haben.« Sie lächelte Insa an. »Wenn du möchtest, gehen wir einfach, ich meine Justus und mich. Dann kannst du dich in Ruhe mit deiner Familie austauschen.«

»Nein, bleibt bitte hier. Ich möchte jetzt in keinem Fall mit meiner Familie allein sein, eine Familie, die mich von vorne bis hinten belogen hat.«

»Aber Kind«, wandte Rika ein, »es wird sich sicherlich alles wieder einrenken.«

»Ist schon gut, Tante.«

»Würde es dir helfen, wenn deine Mutter ...« Janneke hielt inne, denn sie hatte Insas hasserfüllten Blick Richtung Hilde gesehen.

»Sie ist nicht meine Mutter, sondern meine Großmutter«, fauchte Insa verbittert. »Daran solltet ihr euch alle ganz schnell gewöhnen.«

»Du hast ja recht.« Vera nahm die Hand ihrer Tochter, die dies jetzt zuließ. »Janneke meint, ob es für dich besser wäre, wenn du hörst, wie die Geschichte weitergeht?«

»Das würde mich allerdings brennend interessieren.« Insas Stimme klang messerscharf. »Also, wie habt ihr das angestellt? Ich muss das unbedingt wissen ...«

***

Motje Baumann war mehr als erstaunt, als sich Enno Vaartmann ein weiteres Mal telefonisch bei ihr meldete. »Ich hatte Ihnen doch schon gesagt, dass ich nichts für Sie tun kann.«

»Vielleicht doch«, ließ der Bürgermeister nicht locker. »Meine Tochter wird das Kind austragen, aber das soll niemand wissen.«

»Das ist ja interessant«, antwortete die Hebamme süffisant. »Da bin ich aber mal gespannt.«

»Wir haben uns Folgendes gedacht. Meine Frau wird so tun, als ob sie ein Kind erwartete. Vera muss natürlich ohne großes Aufsehen entbinden, und das geht doch sicher bei Ihnen im Geburtshaus problemlos? Sie verstehen, was ich meine?«

»Ja, ich weiß genau, was Sie im Sinn haben.« Motje räusperte sich. »Im Grunde genommen ist das möglich, vorausgesetzt, wir werden uns einig.«

»Wie meinen Sie das?«
»Die Frage ist, was springt für mich dabei heraus?«
»Ach, das meinen Sie. Ich habe mir das so überlegt.« Enno nannte ihre eine größere vierstellige Summe.
»Darüber könnte man reden«, sagte Frau Baumann. »Ich würde vorschlagen, Ihre Frau und Ihre Tochter kommen heute Abend gegen einundzwanzig Uhr zu mir. Dann können wir alles besprechen.«
Noch am gleichen Abend machten sich Hilde und Vera auf den Weg nach Carolinensiel.
»Es wäre gut, wenn Ihre Tochter regelmäßig zur Untersuchung kommt«, schlug die Hebamme vor, als sie im Büro des Geburtshauses saßen.
Hilde hatte Einwände. »Sollten wir nicht einen Gynäkologen aufsuchen, der sich der Sache annimmt?«
»Das können Sie gerne tun, aber dann in einer weit entfernten Stadt, damit hier vor Ort nichts durchsickert.«
»Mama, das geht doch schon in Ordnung«, versicherte Vera. »Frau Baumann wird schon merken, wenn etwas nicht stimmt.«
»Ich weiß nicht«, zweifelte Hilde, »ob das nicht zu leichtsinnig ist.«
»Ich gebe Ihnen jetzt einen Ratschlag.« Motje wollte auf keinen Fall etwas riskieren und scheute sich vor möglichen Diskussionen mit ihren Patientinnen. »Sie machen bei einem Kollegen in Hamburg oder Bremen einen Untersuchungstermin. Und wenn der grünes Licht für eine problemlose Schwangerschaft gibt, sind wir auf der sicheren Seite.«
»Ja, genauso machen wir das.« Frau Vaartmann war zufrieden.
Hilde begleitete ihre Tochter nach Bremen, wo ein Facharzt die Schwangerschaft bestätigte und nach eingehender Untersuchung Veras attestierte, dass alles in Ordnung sei.
Enno meldete seine Tochter vorerst von der Schule ab, was ohne weitere Nachfragen seitens der Schulleitung zur Kenntnis genommen wurde, da Vera mit fünfzehn Jahren ihre Schulpflicht bereits erfüllt hatte. Für das nähere Umfeld litt das

Mädchen an einer Stoffwechselstörung, was einen weiteren regelmäßigen Besuch der Schule im Moment unmöglich machte.

Vera hielt sich von da an meist im Haus auf. Hilde hingegen ließ sich von allen Mitmenschen beglückwünschen, dass sie kurz vor ihrem vierzigsten Geburtstag noch einmal Mutterfreuden entgegensah.

Rika van Gerpen freute sich trotz allem auf das Kind und begann, eine Babyausstattung zu häkeln.

Ende Oktober schob Hilde ein kleines Kissen unter ihren Pullover, während Vera ihre Vorliebe für weite Kleidung perfektionierte. Tante Rika meinte, dass Vera in der Schwangerschaft mehr auf ihre Gesundheit achten müsste und sich ausgewogen ernähren sollte.

Der errechnete Geburtstermin war der zweite Januar. Der November und Dezember waren sehr kalt, der Ostwind ließ die Menschen frieren. Alle gingen nur dick eingemummt auf die Straße, trugen wattierte Mäntel und hielten sich nicht lange draußen auf. Das eröffnete Vera die Möglichkeit, sich an der frischen Luft aufzuhalten, ohne dass jemand dumme Fragen wegen ihres voluminöser werdenden Körpers stellte. Gesa Hettinga, die Nachbarin von gegenüber, betrachtete ihr aufgedunsenes Gesicht und empfahl dem jungen Mädchen, mehr Gemüse zu essen und auf Süßes zu verzichten. »Du bist noch so jung. Wenn du so weitermachst, siehst du im Alter aus wie eine Tonne.«

Am liebsten hätte Vera ihr ins Gesicht geschleudert, dass es einen guten Grund gab, warum sie immer draller wurde. Einen kurzen Moment zog sie tatsächlich in Erwägung, das ganze Kartenhaus einstürzen zu lassen, aber die Konsequenzen wären fürchterlich gewesen. Sie traute ihrem Vater zu, dass er sie, ohne mit der Wimper zu zucken, aus dem Haus werfen würde. Das konnte Vera auf keinen Fall riskieren, denn sie befand sich in einer aussichtslosen Lage.

Die gesamte Adventszeit hielten sich Vera und Hilde im Haus auf. Vorsorglich hatte die Familie verbreitet, dass Vera aktuell an einer heftigen Virusgrippe litt und Hilde wegen ihrer

Schwangerschaft nicht mehr aus dem Haus ging. Wilma Cornelsen wunderte sich anlässlich eines nachmittäglichen Besuches im Hause Vaartmann zwar, dass Vera trotz der Erkrankung lachte und großen Appetit hatte, nahm dies aber als gegeben hin. Drei Tage vor Weihnachten wurde Vera sechzehn Jahre alt. Ihren Geburtstag verbrachte sie müde und deprimiert in ihrem Bett.

In der Silvesternacht bekam Vera heftige Schmerzen. Sie stand leise auf und weckte ihre Mutter, die sofort wusste, dass es Zeit war, zu Motje Baumann ins Geburtshaus zu fahren. Enno fuhr seinen Wagen dicht an die Haustür und ließ die stöhnende Vera und seine Frau einsteigen.

Die Hebamme erwartete sie schon. Sie geleitete die Gebärende in eines der Entbindungszimmer und schloss den Wehenschreiber an. Hilde stand neben dem Bett ihrer Tochter und redete ihr gut zu.

»Ich lasse euch mal einen Moment alleine«, verkündete die Hebamme und verließ den Raum. Nach ein paar Minuten kam sie mit warmen Tüchern zurück und umwickelte Veras Beine damit. »Das wirkt auf die Beckenmuskulatur entspannend.«

Unüberhörbar verkündete ein Silvesterfeuerwerk das neue Jahr. In den frühen Morgenstunden des neuen Jahres wurde Vera ohne Komplikationen von einem kleinen Mädchen entbunden.

Noch zwei Tage blieben Mutter und Großmutter Vaartmann in dem zum Glück sonst leeren Geburtshaus, ehe sie Enno nach Hause brachte. Hilde hielt Insa im Arm und nahm die Glückwünsche der Nachbarn und Bekannten entgegen, während Vera blass und unbeachtet in der Ecke saß und beobachten musste, wie ihre Mutter stolz die neue Erdenbürgerin präsentierte.

23. Kapitel

»Und dann ist Insa als Tochter des Bürgermeisters und seiner Frau aufgewachsen?« Justus Varel hatte bis jetzt stumm zugehört. »Ich habe ja schon vieles erlebt, aber so etwas noch nicht.«

»Nach einiger Zeit hatte ich mich daran gewöhnt, Insa als meine kleine Schwester anzusehen«, erzählte Vera leise. »Meine Eltern haben für uns gesorgt und alles in die Wege geleitet.«

»Dann hat Frau Baumann Sie als Mutter vermerkt?«, wollte Janneke von Hilde wissen.

»Ja, das hat sie.« Hilde lächelte jetzt. »Enno ist dann später zum Standesamt und hat Insa als unsere Tochter eintragen lassen.«

»Und drei Monate nach Insas Geburt ist Papa gestorben.« Vera tätschelte Insas Hand. »Die ganze Aufregung war wohl zu viel für ihn. Der Arzt sagte, es wäre ein schwerer Herzinfarkt gewesen.«

Janneke hatte Hilde Vaartmann beobachtet. Trotz ihres Lächelns konnte sie nicht verbergen, dass sie ziemlich nervös war. Janneke wusste, dass da noch irgendetwas hinterherkam. »Frau Vaartmann, dann haben Sie und Ihre Schwester Rika allein mit den beiden Mädchen gelebt.«

»Ja, Rika hat mir in all den Jahren sehr geholfen, insgesamt ging alles ziemlich gut. Vera hat ihren Schulabschluss gemacht und dann später geheiratet. Insa hat eine Ausbildung zur Hotelfachfrau absolviert. Das Leben lief normal und ohne große Komplikationen für uns. Bis zu dem Tag, als Motje Baumann bei mir anrief …«

***

»Sie wollen Geld?« Hilde war überrascht, nach so langen Jahren von der Hebamme zu hören. »Mein Mann hat Sie doch damals großzügig abgefunden.«

»Das Leben ist teuer, meinen Beruf kann ich nicht mehr ausüben. Das haben Sie sicher mitbekommen.«

»Bei aller Liebe, Frau Baumann, wie kommen Sie dazu, mich derart unter Druck zu setzen?« Hilde war empört.

»Frau Vaartmann, ich denke, es würde einen großen Knall geben, wenn jetzt herauskommen würde, was sich damals ereignet hat.«

»Dann wären Sie ja auch dran«, machte Hilde Frau Baumann aufmerksam. »Schließlich haben Sie alle Papiere gefälscht.«

Motje lachte schrill. »Für Urkundenfälschung wird man schließlich nicht gehängt, also von daher …«

»Wie wollen Sie das überhaupt beweisen?«, wandte Hilde jetzt ein. »Insa ist ordnungsgemäß als unsere Tochter registriert. Enno und ich sind die gesetzlichen Eltern.«

»Ja, was glauben Sie denn«, erwiderte Motje ärgerlich. »Natürlich habe ich mich abgesichert und alles dokumentiert.«

»Ich kann Ihnen fünfhundert Euro geben.« Hilde sah ein, dass Sie keine andere Wahl hatte. »Ich komme heute Abend und bringe Ihnen das Geld.«

»Nein, das ist keine gute Idee«, wandte die Hebamme ein. »Ich will nicht, dass meine Nachbarn Sie hier sehen.«

»Dann treffen wir uns besser woanders.«

»Wir treffen uns vor der Hafenapotheke. Da steht eine Bank vor dem Haus. Ich warte auf Sie punkt neunzehn Uhr.«

Ehe Hilde noch etwas erwidern konnte, hatte Motje schon aufgelegt.

Es blieb nicht bei dem einen Mal. In unregelmäßigen Abständen rief Motje Baumann bei Hilde an und verlangte Geld. Sie trafen sich an den unterschiedlichsten Orten zur Geldübergabe.

Das Verhältnis zu Vera wurde immer angespannter. Hilde war der Ansicht, dass sich ihre Tochter zu leicht von ihrem Angetrauten über den Tisch ziehen ließ. »Du sollst dein Leben nicht versauen. Denk dran, du hast uns schon einmal alles verdorben. Sei froh, dass ich damals für dich gelogen habe und es auch heute noch jeden Tag tue.«

Als Vera reumütig mit einem Haufen Schulden im Nacken wieder zu Hause auftauchte, konnte Hilde ihre Genugtuung nicht verbergen und ließ es ihre Tochter auch jeden Tag spüren. Die ewigen Auseinandersetzungen von Mutter und Tochter zerrten auch an den Nerven von Rika und Insa.

Hilde fuhr mehrmals spätabends ins Geburtshaus, um die Hebamme mit ihrem Besuch zu überraschen und sie davon zu überzeugen, mit ihren Erpressungen aufzuhören.

Irgendwann war der Druck zu groß. Hilde wollte sich gar nicht ausmalen, was geschehen würde, wenn Motje Baumann ihr Geheimnis ausplauderte. Peinliche Fragen müsste sie beantworten. Vor allem Insa würde nicht mit Vorwürfen sparen und sich dann sicherlich von der Familie abwenden. Hilde war entschlossen, dem ein Ende zu setzen, auch wenn sie noch keine Ahnung hatte, was sie tun sollte.

Die Lösung fand sie im Nähkasten ihrer Mutter, den sie unten in ihrem Kleiderschrank aufbewahrte. Hilde wollte einen abgerissenen Saum annähen, als ihr eine Ahle, die man zum Vorstechen für Handnähte in Leder oder Kunstleder benötigte, in die Hände fiel. Ihre Mutter hatte dieses Werkzeug aufbewahrt in Erinnerung an ihren Ehemann, der in seiner Freizeit Lederbeutel und Ledertaschen gefertigt hatte.

Es dauerte noch ungefähr drei Wochen, bis sie sich einen Plan zurechtgelegt hatte. Sie war jetzt bereit, bis zum Äußersten zu gehen, um diesem Albtraum ein unwiderrufliches Ende zu setzen.

»Ich biete Ihnen eine einmalige größere Summe an«, schlug sie der Hebamme telefonisch vor, »wenn Sie mir im Gegenzug Ihre Beweismittel für Insas Geburt überlassen.«

»Über welche Summe reden wir?«

»Dreißigtausend Euro.«

»Mit vierzigtausend wäre ich einverstanden«, sagte Motje. »Wo wollen wir uns treffen?«

»Morgen früh um sieben Uhr dreißig am Deich.« Hilde beschrieb ihr genau den Treffpunkt. »Seien Sie pünktlich und vergessen Sie nicht die Unterlagen.«

Vorsorglich hatte sie ihr Sparkonto geplündert. Sie zählte die abgesprochene Summe ab und verwahrte sie in einem braunen Umschlag, den sie in ihre Handtasche steckte.

Es war noch völlig dunkel, als Hilde am nächsten Morgen die Ahle in ihre Manteltasche steckte und aufbrach. Rika schlief noch, Insa und Vera waren bereits zu ihren Arbeitsstellen gefahren. Sie stieg den Deich hinauf und wartete am vereinbarten Treffpunkt auf Motje. Als diese nach zehn Minuten immer noch nicht aufgetaucht war, beschloss Hilde, die ganze Sache abzublasen. Vielleicht hatte sie ihr Vorhaben doch nicht so gut durchdacht? Eventuell müsste sie noch einmal …

In diesem Moment stieg eine abfällig grinsende Motje Baumann den Deich hinauf. Der arrogante Gesichtsausdruck der Hebamme reizte Hilde bis zur Weißglut.

»Sie haben wohl den Ernst der Lage nicht erkannt«, sagte Hilde. »Haben Sie die Unterlagen dabei?«

»Wissen Sie, ich habe es mir überlegt«, lächelte Motje Baumann. »Der Preis ist gestiegen. Ich will jetzt das Doppelte. Die erste Hälfte können Sie mir ja jetzt gleich geben.« Sie öffnete ihren Mantel, nahm das Geldpäckchen, welches ihr Hilde entgegenhielt, an sich und steckte es in die Innentasche ihres Mantels.

Die ganze Angst, die Zweifel der letzten Jahrzehnte überrollten Hilde. Sie spürte, wie eine Welle des Zorns in ihr aufstieg. Sie ersparte sich eine Antwort. Stattdessen griff sie in ihre Manteltasche und stach mit der Ahle in die Brust ihres Gegenübers. Der lange, spitze Gegenstand überwand mühelos den Pullover der Frau und fuhr geräuschlos in das Fleisch. Sofort sackte die Hebamme, ohne einen Laut von sich zu geben, zusammen. Fasziniert beobachtete Hilde, wie das Blut aus dem Revers des Mantels auf das Gras lief. Den Umschlag mit dem Geld nahm sie wieder an sich. Eilig durchsuchte Hilde die Taschen der Getöteten nach dem Beweis über Insas wahre Herkunft, fand aber nichts. »Du Luder«, zischte sie. »Ich finde die Sachen schon.«

Hilde sah sich um, aber anscheinend hatte niemand das Treffen der beiden Frauen beobachtet. Unbemerkt konnte sie den Tatort verlassen und nach Hause laufen.

Später am Vormittag beobachtete sie, wie Gesa Hettinga zu Wilma ins Haus lief. Hilde konnte sich denken, was sie zu erzählen hatte.

Mit Argwohn verfolgte sie die wachsende Freundschaft Insas mit der jungen Frau aus dem Nachbarhaus. Diese Janneke war clever und stellte überall unangenehme Fragen.

Hilde ging davon aus, dass Motje die Unterlagen in ihrem Haus aufbewahrt hatte. Am späten Abend, drei Tage nach dem Tod der Hebamme, fuhr sie dorthin und stellte fest, dass die Tür verschlossen und versiegelt war. Hektisch ließ sie ihre Hand über den breiten Türrahmen über ihrem Kopf gleiten und durchsuchte sämtliche mögliche Verstecke, an denen man einen Haustürschlüssel verwahren konnte. Unter einem kleinen Gartenzwerg, der breit grinsend auf einem Blumentopf saß, fand sie ihn schließlich. Ohne Gewissensbisse brach Hilde das Siegel auf. Sie musste unbedingt die Beweismittel finden, es war nicht auszudenken, was geschah, wenn diese Information in fremde Hände fiel.

Frustriert nach der ergebnislosen Untersuchung der Räume, verließ sie eilig das Haus der Hebamme, ohne die Haustür wieder abzuschließen. Hilde konnte nichts mehr tun, als abzuwarten, was geschehen würde. Insgeheim betete sie, dass Motje Baumann den Beweis für ihre Lebenslüge so gut versteckt hatte, dass niemand diesen je finden würde. Mit Argwohn verfolgte sie weiterhin die Unternehmungen Insas in Begleitung der jungen Frau aus dem Nachbarhaus.

An dem Tag, als der Kommissar und Janneke Hoogestraat vor ihrer Tür standen und verlangten, Vera zu sprechen, wusste sie, dass alles aus war. Sie hatte verloren.

24. Kapitel

Als Hilde Vaartmann ihre Erzählung beendet hatte, schwiegen alle. Vera war erstarrt und schien nicht mehr zu atmen. Denn bei allen Zweifeln und Gewissensbissen ihrer Tochter gegenüber hätte sie es nie für möglich gehalten, dass ihre eigene Mutter zu so einem Schritt fähig wäre. Insa und Rika waren in Tränen ausgebrochen und wagten nicht, Hilde ins Gesicht zu sehen.

Justus räusperte sich und bemühte sich um einen sachlichen Ton. »Frau Vaartmann, Sie wissen, was das bedeutet?«

Tonlos zuckte Motje Baumanns Mörderin die Schulter.

»Sie haben soeben gestanden, Frau Baumann erstochen zu haben.«

»Ja, das stimmt«, flüsterte Veras Mutter.

»Was haben Sie mit dem Tatwerkzeug gemacht? Sie haben uns ja beschrieben, dass es eine Ahle zur Bearbeitung von Leder war. Haben Sie sie noch?«

»Nein, ich habe das Ding weggeworfen.«

»Wo haben Sie das Tatwerkzeug entsorgt?«

»Im Hafen von Carolinensiel.« Frau Vaartmann wirkte gleichmütig.

Vera hatte ihre Fassung wiedergewonnen. »Mama, war das alles eine solche Tat wert? Nur damit niemand erfährt, dass ich ein Kind erwartet habe?«

»Und dazu noch von irgend so einem dahergelaufenen Kerl.« In Hildes Augen blitzten wieder Abscheu und Hochmut. »Man hätte dich für ein Flittchen gehalten.«

»Moment«, rief Insa dazwischen. »Vera ist kein Flittchen.«

»Lass es gut sein, Insa«, flüsterte Vera.

Insa stöhnte. »Ich bin ganz durcheinander. Vera, und du weißt wirklich nicht, wo ich meinen Vater eventuell finden könnte?«

»Tut mir leid, Insa«, bedauerte Vera, »ich würde dir ja sogar bei der Suche helfen, aber ich kann dir nicht mehr sagen.«

»Das ist ja das Beschämende«, empörte sich Hilde. »Das weiß sie noch nicht einmal.«

Janneke war aufgestanden und lief jetzt ein paar Schritte hin und her. »Ich denke, wir sollten das jetzt beenden.« Mitleidig blickte sie zu Rika, die immer noch schniefend und mit rotem Kopf in der Ecke saß.

»Warte, Janneke«, rief Insa und war ebenfalls aufgestanden. »Wie seid ihr dahintergekommen, dass sich alles so abgespielt hat und dass Mam… Hilde die Täterin ist?«

Unsicher sah Janneke zu Justus, der nickte. »Ja, zeig es ihnen.«

»Ich bin sofort wieder da.« Janneke rannte zu ihrem Auto, nahm den Laptop heraus und lief wieder ins Haus zurück, wo sie atemlos den Computer auf den Küchentisch stellte.

»Justus, du hast doch den Stick eingesteckt. Kannst du ihn mir … ja, danke.«

Janneke öffnete die Datei, die sich auf dem kleinen Datenträger befand, und schob den Computer so hin, dass alle freien Blick auf den Monitor hatten.

»Was ist das?« Insa rutschte näher. »Sind das alte Fotos?«

Janneke nickte. »Ja, die Aufnahmen sind schon etwas vergilbt. Schließlich sind sie dreißig Jahre alt.«

»Aber sie befinden sich doch auf einem Stick?«, wunderte sich Insa. »Vor dreißig Jahren gab es die Dinger noch gar nicht.«

Janneke schüttelte den Kopf. »Nein, damals gab es das noch nicht. Ich vermute, dass Frau Baumann diese beiden Fotos eingescannt und dann gespeichert hat, um die Daten zu sichern. Sie hat sogar das Datum der Aufnahme vermerkt.«

»Aber was hat sie denn da aufgenommen?« Veras Stimme klang ängstlich.

»Die Fotos zeigen Sie und Ihre Mutter in dem Entbindungszimmer im Geburtshaus. Ich nehme an, Frau Baumann hat zwischendurch den Raum verlassen und Sie dann, ohne dass Sie es bemerkten, fotografiert.«

»Ich verstehe überhaupt nichts.« Irritiert sah Insa in die Runde. »Warum hat sie das gemacht?«

»Sie wollte sicherlich einen Beweis schaffen, wer in dieser Nacht das Kind zur Welt gebracht hat«, vermutete Janneke.

Insa beugte sich jetzt weiter nach vorne. »Aber ich kann gar nichts erkennen.«

»Warte mal.« Janneke stand auf, ging zum Lichtschalter und dämmte das Licht in der Küche. »Besser?«

»Ja, viel besser«, bestätigte Vera. Alle Anwesenden, außer Hilde, starrten gebannt auf die Fotos. Sie zeigten Vera mit schmerzverzerrtem Gesicht auf dem Entbindungsbett liegend, wie sie mit gespreizten Händen ihren gewölbten Bauch umfasste. Hilde stand neben dem Bett und hatte tröstend eine Hand auf die Stirn ihrer Tochter gelegt. Deutlich war Hildes schlanke Taille zu sehen.

Kommissar Varel hatte den Stick wieder an sich genommen und sein Telefon gezückt. »Ich muss jetzt telefonieren.« Er wandte sich zu Hilde Vaartmann um. »Sind Sie bitte so freundlich und packen ein paar persönliche Sachen ein.«

»Ist in Ordnung«, murmelte diese. »Rika, bist du so nett und hilfst mir?« Flehentlich blickte sie ihre Schwester an.

Janneke hatte den Eindruck, dass das Gesicht der Täterin plötzlich jegliche Anzeichen von Wut oder Hochmut verloren hatte.

Mit hängenden Schultern verließ Hilde Vaartmann in Begleitung ihrer Schwester die Küche.

25. Kapitel

Man brachte Hilde Vaartmann in die Justizvollzugsanstalt in Oldenburg. Vera kontaktierte sofort einen Anwalt, der sich der Sache annahm, während ihre Mutter in Untersuchungshaft saß und auf ihren Prozess wartete.

Hildes Bitte um ein Gespräch lehnten Vera und Insa vorerst ab. Zu groß war die Erschütterung über das, was Mutter beziehungsweise Großmutter getan hatte. Rika war die Einzige, die ihre Schwester besuchte und mit schweren Vorwürfen nicht hinter dem Berg halten konnte.

Zwei Monate später parkte Vera Vaartmann ihr Auto vor dem Haus des Wattloopers. Er schien sie schon durchs Fenster gesehen zu haben, denn noch bevor sie die Haustür erreicht hatte, wurde diese bereits von ihm geöffnet.

»Ich habe mein Wort gehalten, so wie ich es dir versprochen habe«, sagte Vera statt einer Begrüßung.

Er trat einen Schritt zur Seite. »Willst du reinkommen? Wir könnten doch …«

»Nein, es ist alles gesagt.« Vera zögerte kurz. »Ich möchte auf keinen Fall, dass meine Tochter jemals erfährt, dass du ihr Vater bist. Es ist schon schwer genug für uns alle.«

Sie dachte an die einzige Nacht, die sie vor dreißig Jahren mit dem gut aussehenden Ingenieur verbracht hatte. Sie war noch minderjährig, hatte aber das Äußere einer erwachsenen Frau. Am Rande des jährlichen Osterfeuers waren sie ins Gespräch gekommen, das Interesse des wesentlich älteren Mannes schmeichelte ihr. Die Frage nach ihrem Alter umging sie mit einer Gegenfrage nach seinem Beruf.

Ein paar Glühweingläser später landete sie, in Abwesenheit der Ehefrau, in seinem Haus. Er kredenzte französischen Rotwein, philosophierte über gutes Essen und andere weltmännische Dinge. Vera fühlte sich plötzlich erwachsen, er nahm sie ernst. Zu Hause war sie das ewige Schulmädchen, welches dem despotischen Vater folgen musste, während ihre Mutter schweigend die diversen Streitgespräche verfolgte.

Auf einmal fühlte sich die junge Vera als begehrenswerte Frau. Fokko buk zu später Stunde einen elsässischen Zwiebelkuchen auf, den seine Frau in der Tiefkühltruhe verwahrt hatte. Vera, die mit angezogenen Beinen auf dem Sofa des Vierzigjährigen darauf wartete, dass er mit der warmen Köstlichkeit aus der Küche zurückkehrte, blendete erfolgreich aus, dass ihr charmanter Gastgeber gebunden war und aufgrund des großen Altersunterschieds eine gemeinsame Zukunft sowieso ausgeschlossen war. Sie beschloss, das Hier und Jetzt zu genießen, ihre Eltern aus ihren Gedanken zu verbannen und an diesem Abend einfach das zu tun, was sie und er wollten.

Am nächsten Morgen erwachte Vera mit Kopfschmerzen. Sie war nackt. Nur mit Mühe konnte sie sich an die vergangenen Stunden erinnern. Laut schnarchend lag der jetzt nicht mehr so gut aussehende Mann verkatert neben ihr. Leise nahm sie ihre Kleidung, zog sich blitzschnell im Flur an, lief zu ihrem Elternhaus und konnte sich unbemerkt hineinschleichen. Wunderbarerweise hatte sie noch niemand vermisst. Es war Sonntag und ihre Eltern vermuteten sicher, dass ihre wohlbehütete Tochter ausschlief. Keiner wunderte sich darüber, dass sie später mit wirren Haaren zum Frühstück erschien. Auf die Frage ihres Vaters, ob sie krank sei, schüttelte Vera nur den Kopf und verbrachte den Rest des Tages in ihrem Zimmer.

Wochen später lauerte Vera Fokko vor seinem Haus auf und folgte ihm, als er vom Haus in seine Werkstatt lief. Sie gestand ihm, dass die Nacht nicht ohne Folgen geblieben war.

Fokko geriet sofort in Panik, denn er hatte nach einigen dezenten Nachfragen in seinem Umfeld erfahren, dass Vera erst fünfzehn Jahre alt war. Er wusste, was dies für ihn bedeutete, und war heilfroh gewesen, von dem jungen Mädchen nichts mehr zu hören.

Blass und kindlich stand sie nun in seiner Werkstatt und blickte ihn hoffnungsfroh an.

»Brauchst du Geld?«, stammelte er. »Ich könnte dir etwas geben, damit du …« Umständlich räusperte er sich. »Es gibt da ja gewisse Möglichkeiten. Ich will nur nicht, dass Christa etwas davon mitbekommt. Ich hoffe, du verstehst das?«

Vera schüttelte energisch den Kopf. Was hatte sie von ihm erwartet? »So etwas mache ich nicht. Niemals!« Sie stampfte trotzig mit dem Fuß auf. »Ich wollte nur, dass du es weißt.«

»Und was willst du von mir?« Er schwitzte bei dem Gedanken an die Konsequenzen, die ihm drohten, falls das öffentlich wurde. Genau kannte er sich nicht aus, was das Gesetz zu solchen Verbindungen sagte, aber auch wenn es nicht verboten war, würde er ungemeinen Ärger bekommen.

»Ich will nichts von dir«, behauptete Vera und wollte gehen.

»Warte.« Fokko trotzte ihr das Versprechen ab, niemals und unter keinen Umständen zu erwähnen, dass er der Kindsvater war.

»Das soll mir recht sein«, stimmte Vera zu. »Ich will auch nicht, dass jemand von dieser Sache erfährt.«

Jetzt, Jahrzehnte später, stand sie vor seinem Haus, und er sah sie abwartend an. Sie schob ihre Hände in die Manteltaschen, sah zu Boden und wippte ein paarmal mit den Füßen. »Wir sollten einfach alles vergessen, denn das ist der einzige Weg, um sicherzustellen, dass wir mit unserem zukünftigen Leben zurechtkommen.«

Ohne Fokko noch einmal anzusehen, bestieg sie ihr Auto und fuhr davon.

Lange hatte Vera überlegt, ob es nicht besser wäre, Harlesiel zu verlassen, aber da waren noch Tante Rika und Insa, die sich nur langsam daran gewöhnte, dass ihre große Schwester ihre Mutter war.

Die drei Bewohnerinnen des Hauses Vaartmann hatten beschlossen, das viel zu große Haus so umzubauen, dass darin eine kleine Ferienwohnung entstand. Hilde als Eigentümerin hatte zähneknirschend zugestimmt.

Christa und Wilko hatten sich wieder getrennt. Das Misstrauen, welches Wilko seiner Lebensgefährtin entgegenbrachte, wollte trotz erfolgreicher Aufklärung im Mordfall Motje Baumann nicht weichen.

Herman Arians heiratete zwei Jahre nach Beates Tod die Leiterin des örtlichen Heimatmuseums. Seine zweite Frau hing genauso wie er an Ostfriesland und wäre für kein Geld der Welt von dort fortgegangen.

Janneke und Insa trafen sich regelmäßig in Harlesiel und plauderten über alle schönen Themen dieser Welt. Die schmerzhaften Ereignisse, die die junge Hotelangestellte immer noch sehr beschäftigten, erwähnten sie auf Bitten Insas vorerst nicht.

»Ich glaube, es tut mir gut, überhaupt nicht darüber zu reden, auch wenn Vera meint, es wäre besser, wenn ich einen Psychologen in Anspruch nehmen würde.«

»Du nennst sie immer noch Vera?«

Insa machte eine ratlose Geste. »Für mich bleibt Vera eben Vera. Ich sehe sie nicht als meine Mutter an.«

»Ich kann mir das vorstellen, plötzlich ist dein ganzes Weltbild aus den Fugen geraten.« Janneke hatte Mitleid mit ihrer Freundin, in deren Leben nichts mehr so war wie vorher.

»Jetzt haben wir doch darüber gesprochen«, meinte Insa und wirkte erleichtert, »und es tat mir gut.«

»Du wirst sehen«, versprach Janneke, »eines Tages wird dir das alles nur noch wie ein böser Traum vorkommen.«

Zum Abschied umarmte sie ihre Freundin und versprach, bald wiederzukommen.

Fokko Tapper hatte ein halbes Jahr nach Veras Besuch sein Haus verkauft und war in den Schwarzwald gezogen. Statt im Watt stöberte er jetzt in den dortigen Wäldern herum, auf der Suche nach Holz, welches er in seiner Werkstatt auf einem kleinen Hof bearbeiten konnte.

Oft saß er vor seinem Haus und dachte an Ostfriesland und seine ihm völlig fremde Tochter.

Wie hatte es so weit kommen können? Was wäre in seinem Leben anders verlaufen, wenn er sich nicht in jener Nacht vor dreißig Jahren mit der blutjungen Vera eingelassen hätte? Seine Leidenschaft aus dem Augenblick heraus hatte nicht nur zur Folge, dass Vera ihre Tochter verleugnen musste, sondern auch, dass ein Mensch durch eine schreckliche Tat sein Leben lassen musste.

Immer und immer wieder überlegte der Wattlooper, inwieweit er moralisch für die schwerwiegenden Folgen seines Tuns verantwortlich war, auch wenn er nichts dafür konnte, dass Hilde Vaartmann Jahrzehnte später zur Mörderin wurde.

»Ich werde wohl nie eine endgültige Antwort finden«, murmelte der Ostfriese verbittert, stand auf und ging ins Haus.

ENDE

Ostfrieslandkrimi-Empfehlungen des Klarant Verlages

In der Ostfrieslandkrimi-Serie **»Janneke Hoogestraat ermittelt«** von Ele Wolff sind bereits folgende spannende Krimis als Taschenbuch und eBook erschienen:

»Friesenhuus«, Band 1
Taschenbuch ISBN: 978-3-95573-494-7
eBook ISBN: 978-3-95573-495-4

Alles, was in Ostfriesland Rang und Namen hat, befindet sich im Hotel Friesenhuus in Leer, denn der bekannte Schmuck-Unternehmer Habbo Hohboom feiert seinen Fünfundsechzigsten. Doch während der Feier verschwindet sein Sohn Peter spurlos, und schon bald wird die Befürchtung zur Gewissheit: Der Juniorchef wurde entführt.
Die junge Krimi-Schriftstellerin Janneke Hoogestraat, die gerade im Friesenhuus einen Werbejob angenommen hat, ist vor Ort und voll in ihrem Element ganz ungefragt ermittelt sie kräftig mit. Schnell wird klar, die Familie und das Unternehmen Hohboom sind geprägt von Streit und Machenschaften. Und so weigert sich der Schmuck-Millionär, das Lösegeld zu zahlen, denn er glaubt, sein Sohn habe die Entführung nur inszeniert. Die Katastrophe nimmt ihren Lauf ...

»Eisige Gier«, Band 2
Taschenbuch-ISBN: 978-3-95573-616-3
eBook-ISBN: 978-3-95573-617-0

»Mörderischer Nebel«, Band 3
Taschenbuch-ISBN: 978-3-95573-738-2
eBook-ISBN: 978-3-95573-739-9

»Die Toten von Spiekeroog«, Band 4

Taschenbuch-ISBN: 978-3-95573-836-5
eBook-ISBN: 978-3-95573-837-2

»Greetsieler Mühlenmord«, Band 5
Taschenbuch-ISBN: 978-3-95573-917-1
eBook-ISBN: 978-3-95573-918-8

»Mord mit Deichblick«, Band 6
Taschenbuch-ISBN: 978-3-95573-990-4
eBook-ISBN: 978-3-95573-991-1

»Der Wattlooper von Harlesiel«, Band 7
Taschenbuch-ISBN: 978-3-96586-111-4
eBook-ISBN: 978-3-96586-110-7

Die Ostfrieslandkrimis von Ele Wolff können unabhängig voneinander gelesen werden.

Klarant Verlag

Lernen Sie die Ostfrieslandkrimi-Titel des Klarant Verlages kennen und besuchen Sie uns im Internet unter:

www.ostfrieslandkrimi.de

und

www.klarant.de

Sie können dort Näheres über unsere Autoren erfahren, viele weitere interessante Bücher und eBooks finden und Leseproben herunterladen. Mit dem kostenlosen Newsletter erhalten Sie aktuelle Informationen rund um das Verlagsprogramm, wie beispielsweise spannende Neuerscheinungen und Gewinnspiele.